席慕蓉作品集　1

回顧所來徑。

席慕蓉

目次

輯二 窗內

輯三 初夏

輯四 寒夜

輯五 窗外

附錄

新版序

相對於油畫和詩，我的散文一直只是自己的生活筆記。塗塗抹抹了幾十年，重覆的選本不算，也還有了十幾本的散文集。其中有幾本在合約到期之後就放到一邊，一直也沒去理會，如今，很高興「印刻」願意給它們重新出版的機會。

新版本，或許可以有些不同的面貌。所以，我把曾是「爾雅」的《成長的痕跡》與《寫給幸福》這兩本書的文字加以選擇，重新編排，就成了這一本《回顧所來徑》。

《成長的痕跡》是我的第一本散文集，初版於一九八二年三月。當時的自序就已經以「回顧所來徑」為題了，那麼，現在是二〇一二年的九月，竟然相隔了三十年，這樣的「回顧」又要如何區別呢？

應該說是對那驅使我去書寫的力量，多了一種敬畏了吧。我沒修習過什麼文學理論，也沒有什麼強烈的野心，可是，我隱隱覺得，好像是有一種引領，一種呼喚，一種我無法清楚辨識的力量，讓我在燈下，以文字作為依附，反覆詰問、自省，一直書寫到如今。

幾乎就是那一首詩了：

一生　或許只是幾頁
不斷在修改與謄抄著的詩稿
從青絲改到白髮　有人
還在燈下

這執筆的欲望　從何生成？
其實不容易回答
我只知道
絕非來自眼前的肉身
有沒有可能
是盤踞在內難以窺視的某一面
無邪又熱烈的靈魂
冀望　藉文字而留存？……

我要感激這「欲望」的引領，好像是有些什麼在文字中留存下來了。儘管朝如青絲暮已成雪，在明鏡之前，我卻因此而不覺傷悲。

二〇一二年九月十九日寫於淡水鄉居

自序

回顧所來徑

孩子從幼稚園放學回來，興高采烈地把他在樹上撿到的寶物拿給我看：

「媽媽，你看，一隻透明的蟬。」

那是一隻已振翅飛去的夏蟬所蛻下的蟬殼，土黃色的薄膜上很仔細地刻印了那一隻蟬外表的所有記錄。那樣精緻而又美麗，因此真讓人會以為：在我孩子的小手上停留著的，是一隻透明的蟬哩！

造物真是不可思議的神奇。我一直在想，不知道那隻飛走了的蟬在離開前的一剎那會不會忽然有點不捨？會不會又再飛回來，再看一眼為牠的蛻變所留下來的，那一件如藝術品般的紀念？

我想，如果我是那隻蟬，我一定不捨得忘記。

我想，這也是為什麼，我會在畫油畫、畫素描之外，又來寫詩和寫散文的原因了罷。

我是一個喜歡「回顧」的人。

走在山林裡，喜歡回頭，總覺得風景在來的路上特別好看。開車的時候，愛看後望鏡，覺得鏡裡的景色另有一種蒼茫之感。而在人生的道路上，每一個轉折，每一次變換，都會使我無限依戀，頻頻回顧。

我喜歡回顧，是因為我不喜歡忘記。我總認為，在世間，有些人、有些事、有些時刻似乎都有一種特定的安排，在當時也許不覺得，但是在以後回想起來，卻都有一種深意。我有過許多美麗的時刻，實在捨不得將它們忘記。

不過，這並不是表示說，我不喜歡「現在」與「將來」，相反的，我對今日的一切也極為珍惜，對明日的一切更充滿了憧憬。而在我的作品裡，好像總有一個特定的對象，年少的時候不能自知，但是今日的我已能夠感覺到了：不管是十幾歲時的日記也好，或者三十多歲時的札記也好，我心中一直有個傾訴的對象，那就是一個「明日的我」。

就是說：今夜，在燈下執筆的我，記載下昨天剛剛發生的事，是為了，為了明日的那一個我，在一首詩、一篇散文、或者一幅油畫之前，能夠記起來一些很珍貴的感情與記憶，因而也能體會並且明白我今夜的這一份深深的祝福與感謝了。

雖說歲月一去不復回，可是，在那一剎那，在戀戀回首的那一剎那，昨日、今日與明日不就都能聚在一起，重新再活那麼一次了嗎？

而我所求的，也不過就是如此而已。

一九八一年冬於石門鄉居

前言

謙卑的心

有一陣子，我住在布魯塞爾市中心，上學途中必定經過拉莫奈廣場，在廣場的角落經常有一位老太太在那裡擺個小攤子賣花。

有一個春天的早上，天氣好冷，行人不多，她的攤子上已擺滿了黃水仙，嫩黃的花瓣上水珠晶瑩，在朝陽下形成一種璀璨的誘惑。我停下來向她買了一束，她為我小心地包紮起來，然後，在她把零錢找給我以後，我看到她匆匆地低頭畫了一個十字。

我覺得很奇怪，忍不住問她：

「請問你這是為了什麼呢？」

她抬起滿是皺紋的臉來向我微笑：

「小姐，我每天在賣出第一束花時，都要向天主道謝。」

以後，每當我起了驕傲的意念時，我就會想起這一位賣花的老婦人，和她的謙卑的心。

輯一

來時路

無邊的回憶

外婆和鞋

我有一雙塑膠的拖鞋，是在出國前兩年買的，出國後又穿了五年。它的形狀很普通，就像你在台北街頭隨處可見的最平常的樣式：平底，淺藍色，前端鏤空成六條圓帶子，中間用一個結把它們連起來。買的時候是喜歡它的顏色。穿了五、六年後，已經由淺藍變成淺灰，鞋底也磨得一邊高一邊低了。好幾次，有愛管閒事的，或者好心的女孩子勸我：「阿蓉，你這雙拖鞋太老爺了。」或者：「阿蓉，你該換拖鞋啦！」我總是微笑地回答：

「還可以穿嘛，我很喜歡它。」

如果我的回答換來的是一個很不以為然的表情，我就會設法轉變一個話題。如果對方還會對我善意地搖搖頭，或者笑一笑，我就會忍不住要告訴她：

「你知道我為什麼捨不得丟它的原因嗎？」

而這是個讓生命在剎那間變得非常溫柔的回憶。大學快畢業時，課比較少，家住在北投山上，沒有課的早上，我常常會帶著兩隻小狗滿山亂跑。有太陽的日子，大屯山腰上的美麗簡直無法形容。有時候我可以一直走下去，走上一兩個鐘頭的路。最讓我快樂的是在行走中猛然回過頭，然後再仔細辨認，山坡下面，哪一棟是我的家。

走著走著，我的新拖鞋就不像樣了。不過，我沒時間管它，我的下午都是排得滿滿，別有用處的。晚上回家後趕快洗個澡就睡了。

直到有一天，傍晚，放學回家，隔著矮矮的石牆，看見我的拖鞋被整整齊齊地擺在花園裡的水泥小路上。帶著剛和同學分手後的那一點囂張，我就在矮牆外大聲地叫起來：

「何方人士，敢動本人的拖鞋？」花園裡沒有動靜。再往客廳的方向看過去，外婆正坐在紗門後面，一面搖扇子，一面看著我笑呢。那時外婆住在永和，很少上山來。但來的話就總會住上一兩天，把我們好好地寵上一陣子再走。那天傍晚，她就是那樣含笑地對我說：

「今天下午，我用你們澆花的水管給你把拖鞋洗了，剛放在太陽地裡曬曬就乾了。多方便！多大的姑娘啦！穿這麼髒的鞋給人笑話。」

以後，外婆每次上山時，總會替我把拖鞋洗乾淨，曬好，有時甚至給我放到床前。然後在傍晚時分，她就會安詳地坐在客廳裡，一面搖扇子，一面等著我們回來。我常常會在穿上拖鞋時，覺得有一股暖和與舒適的感覺，不知道是院子裡下午的太陽呢，還是外婆手上的餘溫？

就是因為捨不得這一點餘溫，外婆去世的消息傳來以後，所有能夠讓我紀念她老人家的東西：比如出國前夕給我的戒指，給我買料子趕做的小棉襖，都在淚眼盈盈中好好地收起來了。這雙拖鞋，也就一直留在身邊，捨不得丟。每次接觸到它灰舊的表面時，便彷彿也接觸到曾洗過它的外婆的溫暖而多皺的手。便會想起那在夕陽下的園中小徑，和外婆在客廳紗門後面的笑容。那麼遙遠，那麼溫柔，而又那麼肯定地一去不返。

一隻兒歌

在我們家裡，我排行第三，上面有兩個姊姊，下面有一個妹妹，一個弟弟。小時候，我長得很胖，人很糊塗，口齒也很不清晰。媽媽說：有一次，兩個姊姊從學校學會一隻歌回來，就很興奮地教我唱，歌詞是：

「大姊嫁，金大郎，二姊嫁，銀大郎，三姊嫁，破木郎。大姊回來殺隻豬，二姊回來殺隻羊，三姊回來，炒一個雞蛋，還要留著黃。大姊回，坐車回，二姊回，騎馬回，三姊回，走路回。走一會，哭一會，望著天邊流眼淚。天也平，地也平，只有我爹娘心不平。」

媽媽說：大概那時只有四、五歲的我，一面含含糊糊地跟著唱，一面就哭起來了。後來上初中了，一唱這隻歌還會哭。小時候的事我記不得了。不過初中時為這隻歌是哭過的。

大概那時正是發育時期，對未來存著恐懼之心。又覺得在家裡處處受委屈，覺得父母偏愛姊姊。於是，傷心人別有懷抱，唱著唱著，就會哭了。至於將來會不會嫁個破木郎之事，大概當時還沒有放在心上。

人長大以後，很多事情都會慢慢地忘了。可是姊妹們卻不饒我。五十五年的聖誕節，也就是我和他訂婚的那個晚上，她們三個人就在慕尼黑爸爸的公寓裡唱起來了。一面唱，一面笑，還一面問我：

「怎麼不哭呢？」

其實，我當時是有點被感動了。被聖誕樹上的燭光，被父親眼中的愛意，被眼前那三個唱著歌的女孩子的酡紅的雙頰，被窗外無聲的瑞雪，被身旁的他環抱著我時給予我的溫暖，被這一切；尤其是被這突來的兒歌單純的調子感動了。

而那些沒有根的回憶，就又在淚珠中顯現了。

沒有見過的故鄉

纏繞著我們這一代的，就儘只是些沒有根的回憶，無邊無際。有時候是一股洶湧的暗流，突然衝向你，讓你無法招架。有時卻又縹縹緲緲地挨過來，在你心裡打上一個結。你卻找不出這個結結在哪裡，也不知道是為了什麼原因，也不知道是為了哪一個人。

三年以前，在瑞士過了一個夏天，認識了好幾個當地的朋友，常常一起去爬山。有一天，其中一個男孩子請我們去他家玩。他家坐落在有著大片果園的山坡上，從後門出去，就可以看到後山下一大塊樹林圍著一個深深的湖。這個男孩子指著他家院牆外的一棵大櫻桃樹說：

「你看見那個從下面數左邊第五枝的枝子了嗎？那根枝子歪得很特別的，看見沒有？那是我爸爸七歲時候的事了，他爬到樹上採櫻桃，也是這樣一個夏天，被我祖父看見了，罰他就在那根枝子上坐了一個下午，不准下來。那根枝子從此就歪了。」

也許是他在唬我，也許是他父親唬了他。可是他對家的眷戀，對兒時的追懷，對時光逝去的否認，都可以由這一棵大樹，甚至由這棵大樹上的一根歪歪的枝幹上獲得滿足了。因此，他說話時甚至帶了一點驕傲。而我呢？我給他看我的拖鞋嗎？我或許可以給他唱那隻兒歌，但是他聽得懂嗎？就算他終於懂了，那分量能抵得住就在眼前的這一棵他曾祖母手植的龐然大物嗎？能抵得住他立足於上的這塊生他又育他的土地嗎？

而我就越發懷念我那從來沒有見過的故鄉了。

小時候最喜歡的事就是聽父親講故鄉的風光。冬天的晚上，幾個人圍坐著，纏著父親一遍又一遍地訴說那些發生在長城以外的故事。我們這幾個孩子都生在南方，可是那一塊從來沒有見過的大地的血脈仍然蘊藏在我們身上。靠著父親所述說的祖先們的故事，靠著在一些雜誌上很驚喜地被我們發現的大漠風光的照片，靠著一年一次的聖祖大祭，我一點一滴地積聚起來，一片一塊地拼湊起來，我的可愛的故鄉便慢慢成型了。而我的兒時也就靠著這一份拼湊起來的溫暖，慢慢地長大了。

渴望

去年春天，我們在盧森堡那個小小的國家裡，享受了我們的蜜月旅行。那時正是五月天氣，公路上繁花似錦。我們兩個人輪流開車，每遇到一個綠草如茵的山坡，我們就會停車跑上去玩一玩。我總禁不住那青草的誘惑，總要在草坡上打幾個滾。有一次，天已傍晚了，他心急想趕路，可是我還沾著一身一頭的花絮和野草，賴在樹底下不肯走。他又好氣又好笑地對我說：

「我看哪，你就乾脆留在這裡放羊算了！」

他的這句話，就和眼前的夕陽一樣，有哪一點相連貫的地方呢？為什麼給我一種似曾相識的感覺？這傍晚的青草的幽香……。

對了！我本來應該是一個在山坡上牧羊的女孩子，那大地的血脈就流在我身上。迎著夕陽，一個穿紅裙子的女孩從青青的山坡上下來，溫馴的羊群在她身旁擠著擦著，說著些只有牠們自己聽得懂的話。而那傍晚青草的幽香，那只有在長城外的黃昏裡才有的幽香啊！

但是，我本來應該是的，我現在並不是。我所擁有的，僅僅是那份渴望而已。

而我所擁有的，只有那在我全身奔騰的古老民族的血脈。我只要一閉眼，就彷彿看見那蒼蒼茫茫的大漠，聽見所有的河流從天山流下。而叢山黯暗，那長城萬里是怎麼樣地從我心中蜿蜒而過啊！

一九六九年十一月二十一日

舊日的故事

小紅門

這個世界上有很多事情，你以為明天一定可以再繼續做的；有很多人，你以為明天一定可以再見到面的；於是，在你暫時放下手，或者暫時轉過身的時候，你心中所有的，只是明日又將重聚的希望，有時候甚至連這點希望也不會感覺到。因為，你以為日子既然這樣一天一天地過來的，當然也應該就這樣一天一天地過去，昨天、今天和明天應該是沒有什麼不同的。

但是，就會有那麼一次：在你一放手，一轉身的那一剎那，有的事情就完全改變了。太陽落下去，而在它重新升起以前，有些人，就從此和你永訣了。

就像那天下午，我揮手離開那扇小紅門時一樣。小紅門後面有個小院子，小院子後面有扇綠色的窗戶。我走的時候，窗戶是打開的，裡面是外婆的臥室，外婆坐在床上，面對著窗戶，面對著院子，面對著紅門，是在大聲地哭著的。因為紅門外面走遠了的是她疼愛了二十年的外孫女，終於也要像別人一樣，出國留學了的外孫女。我不知道那時候外婆心裡在想些什麼，我只記得，在我把小紅門從身後帶上時，打開的窗戶後面，外婆臉上的淚水正在不斷地流下來。

而那是我第一次看見外婆這樣地激動，心裡不免覺得很難過。儘管在告別前，祖孫二人如何地強顏歡笑，但在那一剎那來臨的時候，平日那樣堅強的外婆終於崩潰了。而我得羞恥地承認，在那時，我心中雖也滿含著離別的痛苦，但能「出國」的興奮仍然是存在著的。也就是因為這個原因，才使我流的淚沒有老人家流的多，也才使我能在帶上小紅門以前，還能揮手向窗戶後面笑一笑。雖然我也兩眼酸熱地走出巷口，但是，在踏上公共汽車後，車子一發動，我吸一口氣，又能去想一些別的事情了。而且，我想，反正我很快就會回來的，反正我們很快又會見面的。而且，我想，我走時，弟弟正站在外婆的身後，有弟弟在，外婆不會哭很久的。外婆真的沒有哭很久，那個夏天以後又過了一個夏天，離第三個夏天還很遠很遠的時候，外婆就走了。

家裡的人並沒有告訴我這個消息。差不多過了一個月，大概正是十二月初旬左右，一個週末的下午，我照例去教華僑子弟學校。那天我到得比較早，學生們還沒來，方桌上擺著一疊國內報紙的航空版，我就坐下來慢慢地翻著。好像就在第二張報紙的副刊上，看到一則短文，一瞥之下，最先看到的是外祖父的名字，我最初以為是說起他生前的事跡的，可是，再仔細一看標題，竟是史秉麟先生寫的：「敬輓樂景濤先生德配寶光濂公主。」

而我當時唯一的感覺就是手腳忽然間異常的冰冷，才忽然明白，為什麼分別的那一天，老人家是那樣地激動了。難道她已經預感到，小紅門一關上的時候，就是永別的時候嗎？而這次，輪到我在一個異國的黃昏裡，無限懊悔地放聲大哭起來了。

那一條河

我的祖先們發現這一塊地方的時候，大概正是春初，草已經開始綠了，一大片一大片地向四圍蔓延著。這一條剛解了凍的河正喧譁地流過平原，它發出來的明暢歡快的聲音，融化了這些剛與寒冬奮鬥過來的硬漢們的心。而不遠處，在平原的盡頭，矗起一層紫色的山脈，正連綿不絕地環繞著這塊土地。

祖先們就在這裡終止了他們疲倦的行程，流浪的人終於有了一個家。春去秋來，他們的孩子越來越強壯，他們的婦女越來越姣好。而馬匹馳騁在大草原上，山崗上的羊群像雪堆、像海浪。

很多很多年以後，我的外婆就在這條河邊誕生了。這個嬰兒在她母親的眼中一定是最美麗的，外婆一定也很愛她的母親。因為每一次，在我們不聽話，惹媽媽生氣的時候，外婆就會說：「你們這些孩子真沒孝心，我小的時候，總想著法子幫母親的忙，照顧弟妹。」或者：「我母親對我說什麼話，我從來都沒有頂過嘴，總是規規矩矩地答應著。」

當時，外婆的這些話總是聽過了就算了。真正能體會到她的意思的時候，我已經長得很大，離她也很遠了，就像她離開那條河已經很遠了一樣。

但是，那條河總是一直在流著的。外婆曾在河邊帶著弟妹們遊玩。每一個春天，她也許都在那解了凍的河邊看大雁從南邊飛過來。而當她有一天過了河，嫁到河那邊的昭烏達盟去了的時候，河水一定曾喧譁地在她身後表示著它的悲傷罷。

小時候愛求外婆講故事，又愛求外婆唱歌。可是每次聽完以後，都不能很清楚地把內容完全記下來，等到第二次外婆要我們重述的時候，我們總是結結巴巴地，要不然就乾脆一面笑著，一面跑開了。外婆一定很失望罷。

但是，那條河總是一直在流著的，而在外婆黑夜夢裡的家園，大概總有它流過的喧譁的聲音罷。「大雁又飛回北方去了，我的家還是那麼遠……。」用蒙古話唱出來的歌謠，聲音分外溫柔。而只要想到那條河還在那塊土地上流著，就這一個念頭，就夠碎人的心了。

所以，她仍然一遍一遍地和我們講述那些故事，故事之中總有一條河，有一個孝順的孩子，有一個可愛的母親。有時候，我們聽出她話裡的教訓的意味，我們就會笑著要求再換一個。每一次，她的故事都沒能講完。大概如果不是因為小孩子們已經跑遠了，就是因為她的思緒又在那條河前面停頓下來了罷。

而我今天多麼渴望能重聽一遍那條河的故事呢！誰能告訴我，六十年前，那十八歲的少女的面貌曾有多少飛揚的光采？誰能告訴我，那草原上的男孩子們曾幾次馳馬掠過她的裙邊？誰能告訴我，那一顆年輕的心裡，曾充塞了多少對這一塊土地的熱愛？而在她轉身離開這條河時，是不是也以為明天又會再回來？我能問誰呢？我想，大概就只有問這一條河了。

於是，這條河也開始在我的生命裡流動起來了。從外婆身上，我承繼了這一份對那塊我從來沒有見過的土地的愛。離開她越遠，這一份愛也越深，而芳草的顏色也越溫柔。而希喇穆倫河後面紫色的山脈也開始莊嚴地在我的夢中出現，這大概是外婆生前沒有想到的罷。

鳶尾草和石階

當然，我也有我自己的童年，我自己的故事。我生在抗戰末期的四川鄉下，我知道那個地方叫做金剛坡。也許有些曾住在那個地方的讀者們會很驚喜地發現這三個字，而這三個字馬上帶給你們不少的回憶，那我當然也很替你們高興。不過，這個地方能給我的唯一的印象，就只是一朵藍色的鳶尾草，一朵開在湖邊的藍色的花。

我小的時候，人很胖，頭又特別的大，媽媽說：常常在一轉眼間就看不到我了，馬上就知道，一定又是從山坡上哪一個地方滾到坡下面去了。大家只要到山坡下面的草堆裡去找，總會找到我這個小肉球。奇怪的是，我很少哭，每次也很少會受傷，所以每次也都只是讓大人們虛驚一場。等到剛把我擺到小椅子上坐定，大人們才剛一轉身，我又會沒事人似地爬下來，然後，又一個滾，又帶著草和泥，滾下山去了。

大概，這朵花就是在那個時候進入我的生命裡的，我只記得我身子前面有一叢雜草，頭頂上是一片濃密的樹蔭。我大概是在一個小樹林的邊緣，林子裡面有一個湖（也許是個池塘，可是兒時所有的池塘對我都像一個大湖。），而這朵花就開在雜草和湖的中間，好藍好大也好香。

以後我就一直沒有見過同樣的花，有時候我說給別人聽，別人也不知道那朵花該叫什麼名字，也並不太感興趣去替我查植物大全。有更多比這個事情還重要的事要做哪！誰能管那麼多閒事。

可是我心中卻一直很想念這朵花的。一直到有一天，讀大學了，和同學們去北投公園寫生，在一條小徑的轉角處，我看到這一朵花，和我小時候看見的那朵是一個樣子，一樣的藍，沒有那麼大，也沒有那麼香。可是，我已經很滿足了，馬上到處去找國畫老師，找到他後就趕快問他，在路旁長著的這一朵花叫什麼名字？林老師說：「這是鳶尾草。」

這就是鳶尾草，我生命裡的第一朵花有了名字了。同學們已經走得很遠了，我一個人站在這朵花前很久，一陣微風吹來，小花就會顫動幾下子，而我的心裡忽然覺得空落落地。童年時那朵藍色的回憶竟然在我心裡占了這麼大的份量，一旦替它找到了名字，它卻在名字前面顯得黯淡而模糊了。曾經是那麼清晰的一朵藍啊！

這也就是為什麼幾年以後，在香港的一個街角前，我猶疑著不敢向前的原因了。

我的另一段童年是在香港度過的，那時候外婆和我們住在一起。每天早上，她總帶著我們三個小的出門去散步。我們先走過電器街，然後後面就是星街和月街，走完這兩條街，就面對著二馬路的一塊山坡了。實在算不了是一塊山坡，不過，在香港那個寸金尺土的地方，那一塊綠色對我們已經很夠了。山坡下面有一條石階，一直通到左邊的半山公寓上去。每天早上，外婆就會在山坡前面做一段晨操，然後就在石階上坐下來，看我們三個小孩在坡上面奔來跑去。我還記得弟弟那時候大概才剛會走，穿著一身紫紅色的毛衣褲，跟著我和妹妹的後面轉來轉去。我們常常故意躲起來，弟弟找不到我們以後也不會哭，總是一轉身，兩條小腿軟軟地，向山坡下面的外婆跑去了。當然有時候免不了會在草地上跌一跤，我們就會滿懷歉意地跑出來，把他扶起來再和他好言好語地玩上一陣子。

外婆就微笑地坐在那裡看我們，一直到覺得太陽太熱了時，才帶著我們往家裡走回去。

後來我和妹妹進小學了，外婆就帶著弟弟一個人去做早上例行的散步。後來弟弟也進了幼稚園了，外婆早上送他去上學，上課時她就坐在幼稚園的鐵絲圍欄的外面，看弟弟和別的小孩子交朋友或者打架，下課後她再帶著弟弟走回家。幼稚園是附設在我們的小學裡的，所以，我們放暑假總是一起放。一放暑假，我們老少四個又開始我們的晨遊了，仍然是那樣的路程，仍然是那個同樣的山坡，不同的只是外婆不再把弟弟背在身上，弟弟跑得比我們都快，而他也早已穿不下那一套紫紅色的毛衣褲了。

十幾年後，我離開外婆，到歐洲來讀書，從台灣坐四川輪來到香港，準備坐一星期後的法國客輪到馬賽。那時候，有很多小時候認得的朋友都很熱誠地招待我。算一算，離開香港去台灣讀書竟也是過了十年的光景了，這次過境，十年後的香港當然改變了很多，可是也有很多地方仍然像我小時候所見的一樣。那時候，我就渴望著再去一次童年時日日常遊的地方。有一天清晨，我就一個人找到那一條電器街了。

我是一個人從秀華台上走下來的（但我的心中，卻有三個人和我一起走下來。），電器街就在前面的左手，街道好像窄了很多，建築物的牆上貼滿了亂七八糟的廣告和招貼，只給磚牆露出一點點空隙，在那個空隙上有白漆塗著的「十靈丹」的大字，那三個字是認得我的。再轉一條街就是星街了，我慢慢地走著，很想像十幾年前一樣，可是身邊怎麼多出那麼多數不清的人，不像一個清晨該有的樣子。而我的高跟鞋的聲音又一下一下地在提醒我，我不再是那個牽著外婆的手的年齡了。當然，這也沒有什麼關係，我來就只是來看一眼那個石階，看一眼後，我就會回頭了的。但是，我沒想到，這是需要勇氣的。

就在那條街的轉角前，我依稀地認出了那一塊山坡的樣子。只要再向前走幾步，我就會看到那條通向左邊的石階，只要再向前走幾步，我就會看見一個老人，精神很健旺地帶著三個小孩子坐在石階上。

可是，我卻站住了，呆呆地站住了。我不敢再往前走，因為我怕那條石階已經不在了，或者就算還保留著，也許已經給改變了形狀了。石階前面的山坡也許還在，也許已經被人劃平，蓋起公寓來了。我不知道我將會看見什麼，我想，我還是設法保留我曾經看見過的景象罷。於是，我就回身往來路走回去了。走得很快，沒有停下來，也沒有再轉過頭去。

雁陣

等我再想到這件事情的時候，我的火車正沿著萊茵河岸急馳著，對岸山上的古堡在月光下顯得更加孤獨。火車經過羅累萊那塊大山岩的時候，我只覺得岩上長滿了太多的荒草。山岩默默地蹲踞在河的轉角，而那荒草就在月光下鬱鬱地搖著。而我就想起了我在初中時學會的那首歌：「我不知道為了什麼，我會這般悲傷。有一個舊日的故事，在心中念念不忘。……」

而我就又想到外婆的那一條河，和我心中念念不忘的那些故事。雖然都是些平鋪直述的，可是，它們總是一遍一遍地重複出現著，就像眼前萊茵河的水波；像昨天阿爾卑斯山上的積雪一樣；很溫柔而又很悲哀地呈現在我的周圍。我想，人類已經是一種很孤獨的動物了，假如再沒有這些舊日的故事來陪伴；再沒有些親愛的人讓我去思念；再沒有那無邊的大地在等待著我的歸去；那麼就算走遍天涯，我也再不能獲得「存在」的意義了。

我的這篇雜記也許該在這個時候告一段落了。我的丈夫說：「你寫的東西太以小我為中心了。」不過，我想，這個世界就是由無數的小我構成的，就因為小我有一份感情，大我才會產生一股力量。雁陣能夠不停地飛過八千里的天空，還不就只是因為每一隻大雁都有一顆思歸的心而已嗎？

一九七〇年一月三十一日

四季

夏雲

剛到歐洲，少女急於等待一個晴朗的日子。

「可是，在魯汶，夏天就是這樣的。」他們說。陰天，毛毛雨，穿一件毛衣，撐一把傘。運氣好，會有一兩個晴天，運氣不好，會下上一個暑假的雨。濕淋淋的人行道上的落葉由青轉黃，然後：

「夏天已經過去了！」他們說。

可是，她還沒看過一朵雲彩哩，那一小朵、一小朵飄拂過天空的雲彩，這裡難道沒有嗎？

於是，她孤獨地投身在人群裡，人群也以孤獨還擲向她。可是，她本來並不一定要這樣做的。屬於她的夏天並不是這樣的，躺在家屋後青青的山坡上，有微醉的南風，開得太亂了的扶桑，和一整個下午的金色陽光。

還有，還有那人從山坡下靜靜地向她走來。映影在他微仰著的年輕的臉上，便是藍天裡的雲彩。

而她本來可以擁有這樣的夏天的。

秋雨

她高中畢業時，他曾來向她道賀。

脫下了白衫黑裙，換上一件姊姊做了又不喜歡穿，轉送給她的粉色衣裳，女生宿舍的門在她身後變得灰黯了。

到了晚上，下過一場雨，他們還在河濱公園散步。樹梢還存著滿盈的雨珠，走過一棵樹下時，她用手搖了搖枝幹，然後輕巧地往前一跳，再回頭，走在身後的他剛好站在樹下，雨珠灑了他一身，在路燈的光暈裡，她笑彎了腰，他也陪著傻笑。

六年過了，也是一個細雨的午後，從福萊堡新城區一個圓形的教堂走出來，彌撒完了，瑞士人呼朋喚友，嘻哈地離去。在歐洲是客，在瑞士她更是客，於是，她又一次孤獨地走上歸途。紅褐色的高跟鞋踩著紅褐色的落葉，在一個轉角處，一叢橫生的低枝拂過她的肩膀，整棵樹上的雨珠霎時灑滿了她一身，她不禁想起了什麼似的站住了。

等她再回到圓山的河濱公園時，又是六年過去，小樹已長成亭亭華蓋，她也變成了少婦，而粉色衣裳不知到哪裡去了。

啊！年華，逝水年華。

冬雪

婚後，體貼的丈夫送給她一隻安哥拉貓。

丈夫去實驗室的時候，她就坐在長窗前畫畫，貓就安靜地坐在窗檯上陪著她。有很多時候，她都只是拿著畫筆，凝視著窗外，那灰沉的天空下，正是她幾年以前夢寐以求的布魯塞爾。當年她曾什麼都不要，只求能遠走高飛，而現在，少婦什麼都不想，只求能重聞南國的馨香，這是一種什麼樣的安排呢？

而有一天，天空越來越暗，終於，雪下來了，貓輕巧地躍上窗檯，隔著玻璃，把頭仰得高高的來迎接飄下的大片雪花，然後眼睛跟著它旋轉、落下。然後又抬起頭來看另外一片，全神貫注地追蹤著它們的飛舞，牠的靜止的黑色身影與躍動的白色雪花襯著大而明亮的玻璃產生了一種純粹的素描才有的美感。

她停下畫筆，屏息地注視，忽然明白，假如有一天能回家，她也許又會想念這一剎那了。

而事情果然是這樣地發生了。

春雷

撐著雨傘，進入教室，開始了她回國後的第一節課。她以為會看到一群陌生的面孔。然而，在她走上講台，靜下來一望以後，她看到的，是幾十個光采煥發的面孔，幾十個像她從前那樣充滿了憧憬與渴望的面孔，幾十個她……。

窗外，春天的第一聲雷響了，拿起粉筆，她很迫切地，想把這種感覺抓緊。怎麼樣，才能使自己明白，奔走天涯所尋求的東西，就在家鄉。怎麼樣，才能讓另外一代的「她」明白，不要再走一條被愚昧的自我所安排了的路？

怎麼樣，才能讓她們知道，她們本來可以擁有的，是多麼美麗的一個春天。

一九七三年十二月三十日

愛的絮語

1

叢林中吹過細碎的風，我的孩子從夢中醒來了。雙頰溫香如薔薇，黑亮的眼睛在四處搜索、探尋。那神情從睡意朦朧變為驚奇，變為惶恐，再變為憂傷，一直到忽然間看見了她的母親。於是，笑意霎時從整朵粉紅的小薔薇上盪漾開來：「媽媽，媽媽。」她滿足地輕聲呼喚我。

而我遂溫柔地俯身就她的呼喚，一如亙古以來所有的母親。

2

在孩子不聽話時，我心中充滿了懊惱，停止了呼叱，我獨自扶著頭，坐在角落裡，疲倦地流淚了。

而那在一秒鐘之前還在瘋狂狀態的頑童忽然安靜下來了，遠遠地，她用又清又亮的眼睛注視著我。然後蹣跚地爬過來，攀住我裸露的膝頭，那溫熱的小手掌試著要撥開我的雙手，「媽媽？」「媽媽？」

唯一的字彙可以有多少種變化！媽媽，你別哭了。媽媽，我不再鬧了。媽媽，我後悔了。媽媽，我愛你！

3

在從前，玫瑰對我象徵甜美的愛，而在今天，它代表危險，因為，它的刺會傷害我的孩子。

在以前，奔跑對我是一種享受。而在今天，我必須慢慢地走，因為我的孩子的腳太小太弱了。

當我是少女時，我怕黑，怕陌生人，怕一切可怕的事物，但當我今天成為母親時，為了我的孩子，我變成為一隻準備對抗一切危險的母狼。

4

孩子，你是在什麼時候來到我們身邊的呢？

是跟著待產室窗外的曙光來的嗎？

還是再早一點，在上一個春天，在那個胖醫生向我恭喜時來的嗎？

還是更早一點，在我和你的父親忽然發現屋子太冷清，而鄰居嬰兒的笑聲太可愛時，你已在我們心中成形了呢？在我們的渴望中，你已開始微笑了呢？

而今天你來了，你沒讓我們失望，果然長得和我們渴望的一模一樣。

5

父親回家了，孩子在門裡看見，便跳躍著叫：「爸爸，爸爸。」

然後，兩隻白胖的小手舉起她父親的拖鞋，東歪西撞地跑到門邊，一邊叫著：「爸爸鞋，爸爸鞋鞋。」

那個辛苦奔波了一天的父親，在一進門的這一剎那就獲得滿足的補償了。

6

孩子在小床上說夢話：「媽媽打。」然後又翻身睡著了。

但她的被驚醒的母親卻在大床上支著頤，俯視著孩子的小臉，再也無法入睡了。

親愛的孩子，難道媽媽真的是這樣凶，讓你在睡夢中也不得安寧嗎？你不是媽媽最盼望的禮物嗎？你不是媽媽最珍貴的財產嗎？當媽媽聽到你第一聲的啼哭時，那喜悅和感恩的淚水不是曾奪眶而出嗎？

為什麼，竟然因為不願意忍受你的自主，你的智慧的成長，或者只因為媽媽疲倦了，便恫嚇你，對你生氣。孩子，媽媽對不起你。

7

風和日麗，父親和母親帶著孩子出來散步。街上的人和平常一樣，忙著做自己的事。腳踏車店的學徒在補車胎，米店的老闆娘在掃走廊，學生在等公共汽車上學校，每個人都和平常一樣。

但是，父親和母親卻不住地向人點頭微笑，因為他們正帶著那個美麗的孩子出來散步，所以，要不斷地用謙虛的微笑來掩飾心中的驕傲和自豪。

一九七二年十月二十八日

貓緣

1

女孩有一個很甜蜜的家。在高高的山坡上，有一個很大的庭園。父親和姊姊們都愛養狗，因此院子裡總有一兩隻小狗跑來跑去。女孩也很喜歡狗，不過，她最愛的，恐怕是一隻尾巴折起來的小黃貓。

那是她上大學時，一個男同學送她的，剛帶回來的時候，又瘦又醜，一副不討喜歡的樣子。她耐心地餵食，慢慢地調理，過了一個春天，居然也長得很有模有樣了。貓大概自己也知道，坐在牆上曬太陽時，總裝得很威武，金黃色的毛閃閃發光。只是母親有令，貓狗一律不准進屋子，父親和孩子們只好乘母親不在家時，偷偷地把寵物抱進來玩一玩。

女孩那時候想出國，晚上常去上西班牙文課，或者法文課，回家總是很晚了，她的貓常常會跑到巷口來等她。有月亮的晚上，剛剛爬上坡，離家門還有好遠的距離的時候，貓就認出她來了。巷子裡空無一人，忽然之間，從牆上跳下一個東西，在地上打起滾來，雖然明知是她的貓，可是，每次還是會嚇一跳。

然後，就會想到這小東西不知道從什麼時候就開始等在這裡，從高高的牆上引頸等待牠的主人，不禁從心裡對牠又愛又疼起來。就一路咪咪咪咪地叫過去，貓大概也知道主人的心，所以總是躺在地上撒嬌，一直到女孩走近，把牠抱起來，牠才心滿意足呼嚕呼嚕地靠在她懷中。

2

出國以後，想家想得緊，女孩唯一能解鄉愁的方法就是給父母親寫一封又一封的長信，最後總會帶上一句，拜託多抱一抱小黃貓。

剛離家，心裡總是慌慌的，也不大出去玩，中國同學會的會長硬到她宿舍把她請出來，帶她到學生中心去過週末。有中國人的地方是比較溫暖，大家擠在廚房裡包餃子，女孩雖然不會包，但是跟著打雜，心裡也高興起來了。

「嗨！老兄，怎麼不吃飯就走？」會長向餐廳那個方向大聲說話，大概有個同學有事要先走。

「抱歉，我約好了去車站接人，等會兒再來，給我留點兒餃子好嗎？」那個同學一面回答一面打開門走了。他大概是北方人，說得一口標準國語，聲音也非常好聽，好像是有一種磁性的男低音。

女孩下意識地從廚房伸頭出去看看，卻剛好看到關上的門，心中不禁有點失望。她實在有點好奇，想看看有這麼好聽的聲音的人，長得是什麼樣子。

不知道是車子誤點，還是朋友把他帶走了，一直到最後一個餃子都被人吃光了為止，那個聲音都沒出現。女孩想問會長為什麼不替他留幾個餃子？卻又不知道該怎麼開口。

有一點悵然，想著下個禮拜還要來。

3

接下來的幾個禮拜，學校功課很多，到了週末還要趕作業，加上女孩生性好強，考試總想出人頭地，於是，更沒有時間出去玩了，早已把這件事情忘記得乾乾淨淨。

一直到夏天都到了，會長的一個電話，才又讓她去了一趟學生中心。

火車到站時，她自己已認得路，慢慢地找過去。時間還早，圖書館裡沒人，乒乓球室也沒人，餐廳也是空的。到了廚房，只看到有一個高大的男生蹲在角落裡忙著，她走過去一看，在剛做好的舒適的窩裡，四隻圓滾滾的小貓睡成一堆，有白有黑有黃，可愛極了，她不禁叫起來：

「嗳呀！好可愛喲！」一面要伸手去抱。

「小姐，別碰！讓牠們的媽媽把這碗飯吃完好嗎？」

那個男生伸手攔住她，同時還指一下在窩旁不安的老貓，那個老貓可真瘦！

「好可憐的老貓，沒東西吃還要餵小的，你看，幾天就瘦下來了。」

還是那個男生在講話，這時候，女孩想起來了，這就是那個她很想看一下的男低音，不禁好奇地對男生看過去，那個男生也正好轉過臉來。

於是，故事就這樣開始了。

4

兩年以後，他們訂了婚，再過兩年，他們結了婚。

在結婚的前夕，女孩問男孩，他想不想知道，她為什麼嫁給他。新郎說想聽，於是，新娘就說了，很鄭重其事地：

「第一，我愛聽你的聲音，你的標準國語。第二，因為你愛貓。我想，一個那麼愛貓的男生，一定有一顆良善的心，將來除了愛貓之外，一定也愛太太，愛小孩。」

新娘果然沒有猜錯，她的新郎極愛她，婚後沒多久，就給她帶回一隻很小的安哥拉貓來。

母親不在身邊，新娘極度地縱容這隻又小又凶的貓，整天開著房門讓牠進進出出，到超級市場買嬰兒食品回來餵牠。讓牠睡在沙發上牠還不知足，總是在新娘剛洗好燙好的衣服堆上睡覺。為了怕牠寂寞，還買了幾隻小鳥，在客廳裡做了一個大鳥籠來陪牠。

貓也很聰明，能夠分辨得出男主人回家的車門開關的聲音，一聽到那個聲音，馬上會從鳥籠頂上跳下來，走到屋門前，跳起來抓住門把，把門打開。男主人興奮得很，每次有客人來就要叫他的貓出來表演，可是見了生人，貓每次都怯場，客人也只好將信將疑地回家了。

要回國時，女主人流著淚把鳥籠拆了，小鳥分送給朋友，貓送給了一個外國老太太，聽說也極寵牠。

5

回國好多年，他們也有了自己的孩子，女人沒猜錯，丈夫也很愛孩子。

但是，有了孩子以後，女人變成一個有了潔癖的主婦，整天不停地洗這洗那，常常為了抱一次嬰兒而洗上兩三次手，總要確定手是完全乾淨以後，才敢碰孩子。孩子的床一定要沒有灰塵，孩子的房間一定要沒有蟲蟻，貓和狗忽然變成世界上最可怕的東西了。

可是，丈夫卻繼續愛他的貓，只是，每次他抱一隻貓回來，她都會大叫，丈夫只好又送回去。

孩子們慢慢長大了，也跟父親一樣愛貓，有時候也跟著他們的父親向她哀求，留下一兩隻貓。

有一天，在房間裡給自己的母親寫信，她聽到女兒在向鄰居介紹：

「這是我們的大咪、二咪。牠們還有一個爸爸咪不常回來，牠們的媽媽咪給我的媽媽送走了。有時候會有一隻母貓跟著爸爸咪回來，我們就叫牠情婦咪。那邊那個小小的是孤兒咪，是自己跑來的。還有一隻醜咪常常來偷吃飯，還有一隻客人咪。不過，平常在家的，只有大咪、二咪兩兄弟。我爸爸天天餵牠們，跟牠們講話。」

「不過，我媽媽很討厭貓，貓一進屋子她就大叫，我們跟爸爸只好趁她不在家的時候，把貓偷偷地放進來，抱一抱。」女兒的聲音帶著稚氣，卻還是一本正經的。

女人對著信紙，不禁微笑起來。傍晚的室內，有一種溫馨的柔光。

一九七九年九月

海棠與花的世界

海棠

在讀大學的時候，一直想把家裝飾一下。有一次用零用錢買了一大盆的棕櫚，央人用板車送回北投的家中，擺在客廳裡。自己是覺得室內的氣氛浪漫起來了，可是父母卻笑著搖頭，認為我把家變成咖啡館了。

過了幾天，放學回來，棕櫚不見了。原來有花販來過，母親把它換成了兩盆海棠，放在前廊上了。那個下午，對著那兩盆紅紅綠綠、圓圓滾滾的很老式的花，我很生了一陣悶氣。當然，我也不敢說什麼，只是很痛惜自己的一番心血，而且有點傷心母親的審美觀無法與我的相比。

而我是從什麼時候開始改變的呢？是從頭一次離開父母出國去讀書的時候嗎？是當船在黑夜裡駛入地中海而驚覺自己是遠離家鄉的時候嗎？是當身在盧森堡的玫瑰園裡，對著滿園的花朵一無所覺，只在心中尋找屬於中國的那點芬芳的時候嗎？還是在身披白紗時，忽然想到母親也曾這樣年輕過的時候呢？

而海棠就是屬於年輕時的母親的花。

在北平深深的院落裡，就總擺著好些盆這樣雅緻而又嬌豔的花，少女閒居無事，常會和友伴坐在廊前，一面賞花一面編織著美麗的夢。而春雨就靜靜地下著，秋風就緩緩地吹著。

而從來沒有過那樣殘酷的戰爭，從來沒有過那樣連年的顛沛流離，從來沒有一個民族曾忍受過那樣多的苦難，於是，那一代的少女沒有一個能實現她們的夢。

可是，母親們都忍受過來了，而且，也從來沒聽到她們在子女面前訴過什麼苦。只是，每一次，在看見海棠花時，總忍不住想要買下來。

要買下來的，不僅是那盆花，還有那盆花裡的青春，那盆花裡的良辰美景，那盆花裡的古老而芬芳的故國。

而我終於明白了我母親的心了。

花的世界

母親愛花，我也跟著愛起花來。家住在石門鄉間，前後有兩個小小的院子，於是，也種了不少雜七雜八的植物，按著季節，也會開出不少好看的花。有時候在廊前一坐，桂花送來淡淡的清香，覺得自己好像也安靜古雅了起來。夏天的傍晚，茉莉會不停地開，摘下兩、三朵放在手心裡，所有青春的記憶都會隨著它的香氣出現在我眼前。我想，我愛的也許並不是花，而是所有逝去的時光，在每一朵花後面，都有著我珍惜的記憶。最早的花朵是一串一串、白白的開在大路兩旁的行道樹上的，有一種很甜爽的香味。但是，問遍了所有的朋友，也不知道在重慶近郊的公路上，曾經有過那樣的一種花。他們都說我當時年紀太小，不可能有印象，所以，一定是一種錯誤。

我不承認，但是，我也找不出任何證據來證明我並沒有記錯。好多年了，我一直在找尋那樣一棵高高大大的開著一串一串的白花的樹，而我一直沒有找到。

然後，就是荷花，和我的玄武湖。我只去過一次的玄武湖，卻在我心中出現了千百次。

再後來，就是漫山遍野的馬櫻丹。我的小學時代，幾乎都是在長滿了這些小朵的粉紫嫩黃的矮樹叢裡度過的，它的小花其實很漂亮，顏色配得奇妙極了。

然後，茉莉、白山茶、百合都慢慢地進入了我的世界，跟著我慢慢地長大。

最不能忘的是在歐洲的森林裡，在那樣一個溫暖美麗的六月的午後，他摘下了那朵淺黃色的玫瑰給我。

幾年以後，在結婚的紀念相冊裡，我把那朵玫瑰用心地貼在密封的透明膠頁下，那是第一朵。

又是好多年過去了，每次翻開相冊，玫瑰仍在，而所有的屬於那些個夏天的事物都會回來，我幾乎還可以聞得到林中松針在太陽下發出的清香。

我總覺得，婚姻大概就是這樣罷，兩個人一起保有著所有的記憶，一起分享著或者是很重大的滄桑變化，或者，是很小的細微末節，例如一朵小小的花。

有些朋友或者學生，常常會覺得我很容易滿足，奇怪我為什麼會在很多事情裡都能看到較好的那一面。我也不知道為什麼，我只是覺得，一切的事物都是互為因果的，尤其是愛情，你若善待它，它一定善待你。

大自然也是這樣，你給植物以充分的陽光適量的水，它就還你以怒放的芬芳，沒有一朵花是不知道感謝的。

我們並沒有很優裕的物質享受，可是，只要有一院子不斷地開著花的樹，和能夠偶爾坐下來聞一聞花香的閒暇，生活就會變得非常的富足了。

在花前，我是個知足的人。

一九八〇年一月

荷花七則

1

有那麼多事逼在眼前，有那麼多工作要做的我，卻差不多花了整個早上的時間來看一朵荷花。

去年從朋友那裡拿來的荷，這幾天開出了兩朵。一朵比較小的先開了，一朵極大的這一、兩天才開，蓮葉田田，紅荷出水，迎風有香氣，小小的院落竟然古意盎然，芬芳有致起來。

涉江采芙蓉的時代，荷葉與荷花應該就是這個模樣了罷。荷真是我的鄉愁，對一個古遠的時代與古遠的愛情的鄉愁。那樣單純厚實的造形，卻給我以那樣動心的感受，只覺得它的每一根線條，每一片色彩都是有淵源，有來處的。

不知道是看多了畫中的荷，還是在古遠的日子裡曾多次涉江采芙蓉，總有一個很奇怪的感覺，總覺得荷花是一個似曾相識的友人，並且，在初遇的那一次就是一見傾心，不忍離去，就這樣過了幾千年。

2

父親今年七十，我在長途電話裡向他說，我想把六月份在歷史博物館國家畫廊的個展獻給他，算是向他祝壽的賀禮。父親在電話那端笑了起來，也不知道是高興呢還是覺得我很可笑。

從小，在姊妹裡面，我就常是那個「可笑」的角色。功課沒有她們好，長得沒有她們好，偏偏又總希望爸媽能多疼愛我一點，因而就常常會做出很多笨拙得可笑的事來。

可是，所有的一切的努力，也不過只是為了想博得父母歡然和了解的一笑而已。

畫展是如期舉行了，我畫了一張三百號的荷花，整面牆上被我畫出滿池的花與葉。從釘框到塗底色到構圖到完成，整整用了我一年的時間，開幕那天颱風過境，暴雨如注，可是我的朋友們只要有空的，都冒著雨來了，而且都喜歡這一張畫。

那天，我一直有一種非常深沉的快樂，我一直想著該怎樣向父母描述我的快樂；我有這樣多愛我的朋友，這樣多支持我、鼓勵我的朋友，無論如何，這一次，在這一點上，父母總應該以我為榮了罷！

3

前年夏天，在植物園的荷池旁，看一對男女走過我身邊，女的長得胖胖的，打扮得很時髦，正大聲地對她的朋友說：

「我不喜歡這種花，長得太簡單了！」

然後，她就用一種好像受騙了似的生氣的樣子，快步地走開了，她的男伴只好趕快追了上去。

我正站在樹蔭下，用速寫本子在畫荷花，聽了她的話，一直忍不住要笑。真的啊！她說的滿有道理的。這荷花荷葉長得是太簡單了一點，一根長梗子上只有一朵花，另外一根長梗子上又只有一片葉。真的，若不是我們中國人對荷花有一種先入為主的愛戀，若不是有那麼多張美麗的畫，那麼多首美麗的詩，那麼多篇美麗的文章告訴我們：該怎樣地去愛蓮，去欣賞蓮，我們也許也會和她一樣，覺得這種花長得令人生氣的簡單哩！

4

一位哲學教授寫信給我，為了解開我心中的一個結，他說：

「要出污泥而不染，才算是真正的潔淨。」

他的這一句話，我以前也不是沒有聽過類似的，但是總沒有放進心裡去。而這一次，一打開信，一看到這一句，我竟然吃了一驚，好像在剎那之間參透了很多世事。所以，佛手上總是拈著一朵，佛身下也總是以蓮為座，一定是有所指的罷。他的話才讓我明白了蓮的本質、愛的本質。枉自畫了那麼多年的荷，竟然一直沒能領會佛說的奧妙。

所有的潔淨和美麗的事物，都是值得珍惜的。可是，為了要得到那樣的潔淨和美麗，只有一條路可走，一條不能害怕也不能躲避的長路。只有走過這條路，才能得到真正的潔淨與美麗。

否則的話，我所能得到的也不過只是一種虛幻的假象罷了。

生活原來真是一門複雜的學問，我忽然非常羨慕起哲學家來了，能夠把一些苦澀的定理用蓮、用菊，或者用松柏來溫柔地演繹出來，這些人所具有的該是一種怎樣廣闊與深沉的胸襟啊！

5

為了要種荷，我先要去買好幾個大水缸來，這個倒好辦，龍潭街上有間規模很大的五金店，他們有各種尺寸的，也肯替我送到家裡來。

可是，要荷長得好，卻一定要到水溝裡去挖黑泥來放到缸裡才行，這一件事，可得要自己來做了。

而我從來沒做過這種事。住在鄉下，也不是沒看過田旁邊的那種水溝，那種冒泡泡的黑泥看一眼就會讓我頭皮發麻，氣味更不好聞，平常走過時都會加快腳步的我，這一次該怎麼辦？

在以前，碰到這種難解決的事我都會推給丈夫去做，可是，那幾天他剛好出國去了，而幼苗已經拿回家，再拖下去，這一季恐怕就種不活了。

於是，我只好穿上雨鞋，戴上手套，屏住呼吸，把鏟子插進深深的黑泥裡，然後再一鏟一鏟地，開始往缸裡放，等到存到三分之一的厚度時，再一缸一缸地往自己家院子裡抬過去。

蔣太太是我的好鄰居，看不過眼了，來幫我的忙。太陽好大，我們兩人合力把裝了黑泥的缸抬回家去，那稀爛的泥巴在缸底晃動著，發出很難聽的聲音和很難聞的氣味。我汗流浹背，卻一面抬一面在笑，覺得這樣狼狽的事，別人看了一定不會了解。平常那樣愛乾淨的人，今天是發了什麼瘋，把一缸一缸的黑泥儘往家裡搬。

真的，有很多事，是要發點瘋才能做出來的。

6

從民國五十五年二月開始，十幾年來，我開了十一次個人畫展，參加了更多次的聯展，每次展覽會開幕那天，我都會好好打扮一下，興高采烈地去會場，會場裡總是會有花、有茶、有我的朋友。

可是，去年，我南下到高雄和一位友人聯展，在同樣氣氛的開幕茶會裡，卻因為一位觀眾的一句無心的話而覺得非常的悲傷了。

他那句話倒是很誠懇的，他說：

「妳的生活真令人羨慕，輕鬆又瀟灑，像妳畫的荷花一樣。」

在他說這話的時候，畫展會場正擺滿了花，我們手上各拿著一杯冰冽的飲料，我穿著一件純白的絲質的襯衫，灰紫的長蓬裙上綴著好多條同色的蕾絲花邊，斜斜地坐在會場正中的大沙發上。

我不知道當時我微笑地回答了他一些什麼，大概總是一句很有禮貌的話罷。可是，我心裡想說的卻是：

「你真的看過了我的生活了嗎？」

我不知道，他如果到過我深夜的畫室裡，看過我憔悴的蒼白的臉，看過我因為用力釘畫布而破皮而流血的手，看過我一次又一次撕毀的草稿，看過我因為力不從心而流下的眼淚之後；他還會繼續羨慕我的生活嗎？

選擇了這樣的一種生活，我並不後悔。我悲傷的只是，為什麼很多觀眾都喜歡把畫家當做是一個生有異稟的天才，卻不肯相信，在這世間，沒有一件事情是輕鬆或者瀟灑可以換得來的。

7

不過，在面對著荷花的時候，我也不會去想那些複雜的事的。

每次，面對著荷花的時候，我就會想起敻虹的那一首詩——

〈記得〉：

你如果
如果你對我說過
一句一句
真純的話
我早晨醒來
我便記得它

年少的歲月
簡單的事
如果你說了

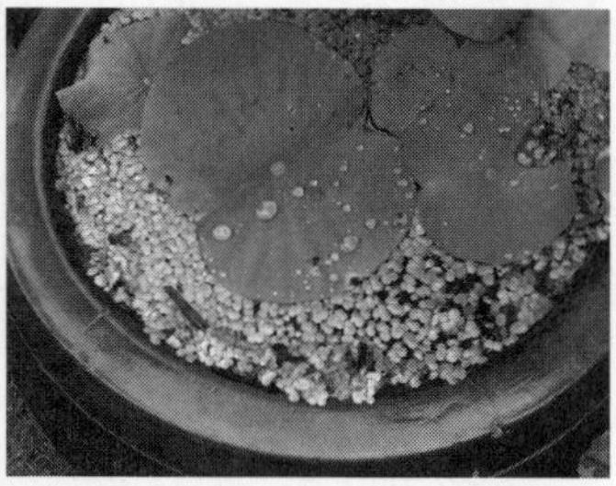

一句一句

淺淺深深

雲飛雪落的話

……

在植物園的荷池旁，是我年少的歲月。十四、五歲時用粉蠟筆，十七歲時用水彩，十九、廿歲時用油畫顏料；一次一次地，我來畫荷。那時候滿心想畫出一朵與眾不同的花來，因而是那樣專注地在自己的小小世界裡，什麼也不聽、不看、不想。

年少的歲月，簡單的事啊！是好像有人對我說過一句一句真純的話，而為什麼一直要等到今天早上，等到三十多歲的早上醒來，才開始記得它？

一九八一年十二月十五日

成長的痕跡

山百合

也許事情總是不一定能如人意的。可是，我總是在想，只要給我一段美好的回憶也就夠了。哪怕只有一天，一個晚上，也就應該知足了。

很多願望，我想要的，上蒼都給了我，很快或者很慢地，我都一一地接到了。而我對青春的美的渴望，雖然好像一直沒有得到，可是走著走著，回過頭一看，好像又都已經過去了。有幾次，當時並沒能馬上感覺到，可是，也很有幾次，我心裡猛然醒悟：原來，這就是青春！

那一個夏天，我快十八歲了，和大學的同學們到橫貫公路去寫生，住在天祥。夏日的山綠得逼人，有一個下午，我和三個男同學一時興起，不去和別的同學寫生，卻什麼也不帶的，往一座被我們端詳了很多天的高山上爬去。那是一座非常清秀的山，被眾山環繞，隱隱然有一種王者的氣質。

而當我們經過一個多小時累人的攀爬，終於到了一處長滿了芳草的斜坡時，天已經慢慢暗下來了。面對著眼前起伏的峰巒，身後一片挺秀斜斜地延展上去的草原，風從下面的山谷裡吹上來，我們驚訝地發現，在這高山上，在這長滿了荒草的高山上，竟然四處盛開著潔白的百合花。

而在那一刻，我心裡開始感到一種緩慢的痛苦，好像有聲音在我耳旁，很冷酷地告訴我：你只能有這一剎那而已。在這以前，你沒料到你會有，在這之後，你會忘掉你曾有。百合花才是完完全全屬於這裡的，而你只不過是一個過客，必得走，必得離開。不能像百合一樣，永遠在這座山巒上生長、盛開。

黃昏時的山巒有一種溫柔而又悽愴的美麗，而我心何所歸屬？三個男孩子躺在我身後的草坡上，大聲地唱著一些流行的歌曲，荒腔走板地，一面唱一面笑。青春原該是這樣快樂無憂的，而我，我為什麼不能和他們一樣呢？為什麼卻怔怔地站在這裡，對這些在我眼前盛開著的山百合懷著那樣一份忌妒的心思？

是懷著那樣一份強烈的忌妒，我叫一位男同學替我採下一大把純白的百合，我把它們緊緊地抱在懷裡，帶下山去。

可是，沒有用，真的沒有用。正如那聲音所告訴我的一樣，我仍然無法把握住那些逝去的時刻。而那些被我摘下的百合雖然很快地都凋謝了，可是，在我每次回想起來的時候，它們卻總是依舊長在那有著淡淡的斜陽的高山上，盛開著，清純而又潔白，在灰綠色的暮靄裡，對我展現出一種永不改變和永遠無法觸及的美麗。

那一輪月

因此，在那個晚上，當月亮照進那古老的山林裡的時候，我必也曾深深地感動過罷。

當時那樣的年輕，總以為這些時刻是本來就會出現的，是我該享有的，心裡的感動只是因為它們出奇的美麗而已。卻一點也沒想到，能有那樣的一個晚上，能在初春的季節來到那樣高的一座山上，能有那樣一大片鬱鬱蒼蒼的林木，能有那樣一整夜清清朗朗的月光，實在是一種人間稀有的遇合，一場永不會再重現的夢境。

那天晚上，站在那條曲折的山徑前的時候，我剛剛二十歲，月亮剛剛從山邊升起。

那是怎樣的一輪月啊！

在它還沒出現的時候，世界一片陰暗，小徑顯得幽深可怕，我幾乎沒有勇氣舉步。而當月亮從山後升起來的時候，就在那一剎那之間，所有的事與物都和月亮一樣，對我發出一種如水般清明透亮的光澤，我的心也在那剎那之間，變得飽滿、快樂和安詳。

幸福有時候就只是種非常單純的感覺而已。在那一夜，當我順著那一條長滿了羊齒植物的小徑，緩緩地往山上走去的時候，也許是因為路的迂迴，也許是因為心中的快樂，竟然一點也不覺得攀爬的辛苦和費力。

走到一塊林木稍微稀疏的空地上，剛好有幾塊大石頭可以讓我們坐下來休息一下，當我抬頭仰望天空的時候，只覺得那些樹怎麼長得那樣直，那樣高。月亮在那樣清朗的天空上如水銀般直瀉下來，把我整個人都浸在月光裡，覺得心也變得透明起來了。青春真如醇酒，似乎都在那夜被我一飲而盡，薰然而又芬芳。

那是怎樣的一種青春啊！

而並不是夜夜都能有那樣一輪滿月的，也並不是人人都能遇到那樣的一輪滿月的。青春的美麗與珍貴，就在於它的無邪與無瑕，在於它的可遇而不可求，在於它的永不重回。

而今日的我，在悵然回顧時的我，對造物的安排，除了驚訝與讚嘆之外，還有一份在年輕的日子裡所沒能察覺到的，一份深深的信服與感激。

八里渡船頭

說不上來是為了什麼。每一次，在眼前的工作越積越多的時候，在又忙又累地拚過一陣子以後，或者，在心裡若有所失的時候；我就很想一個人再去一次淡水。

只想去走一趟那條長長窄窄的老街，想去坐一趟渡船，再渡一次，渡我到對岸。

對岸就是那個古舊的地方，那個很早很早的時候就有的地方，那個有著一個很樸拙和溫柔的名字的地方——八里渡船頭。

在這世界上，很多事與物都會改變，而且改變得很快，改變得很大，因此，我已經開始提防起來了。每次在碰到那樣的時刻的時候，心裡就早已築起一座厚厚的牆，把最柔弱的一處保護起來，竭力使自己不要受傷。幾次之後，牆越築越厚，在日子久了以後，竟然會忘了在自己的心中，曾經有過一處不能碰觸的弱點了。

可是，當有一次，不能置信的一次，在面對著經過那麼多年，仍然堅持著，怎樣也不肯改變，並且依然如年輕時那樣對我微笑，愛憐地俯視著我的那一座山巒時，我心中最柔弱的那一點忽然甦醒了，並且以驚人的速度膨脹了起來。

那是一個初冬的下午。好多年沒有來了，在一個偶然的機緣之下，我坐上了渡船。心裡本來是很煩躁的，因為要應付那麼多陌生的人，要說出那麼多客套的話，那樣地勉強和不情願。可是，當我走到淡水港邊那個古舊的碼頭前時，忽然覺得有些什麼東西似曾相識，有些什麼非常安靜的氣氛進入我心中，使得我整個人也逐漸地安靜了下來。

上了船以後，船慢慢往對岸過去。海風就一直吹著我的臉和我的衣裳，水鳥從船頭掠過。我靜靜地凝視著對岸的觀音山，那對我逼近的山色，忽而碧綠，忽而灰藍，忽而淡紫，而每一種變化與每一種顏色都似曾相識。

是了！那就是一直縈繞在我心中的那種記憶和那種顏色。無法敘述、無法描繪也無人能相信的那種心事，還有，還有那在很年輕的時候就有的那種憂傷。

隔了那麼多年，重來過渡，憂傷竟然還在那裡。在暮色蒼茫的渡口前，在靜靜地俯視著我的山巒之間，憂傷竟然還在那裡等待著我。而那一剎那，我心裡最柔弱的那一部分終於被觸痛了，傷口重新裂開，熱血迸出，淚如泉湧。

原來，原來世間一切都可傷人。改變可以傷人，不變卻也可以傷人。所有的一切都要怪那顆固執的怎樣也不肯忘記的心。

原來，年輕的時候感覺到的那種不捨，那種對造物安排的無奈，在二十年後，竟然又重新而且非常強烈地來到心中。儘管周遭有些事物確然已經改變了，儘管有許多線索與痕跡都已經消失了，卻仍然有些不變的見證還堅持地存在著。那就是迎面而來高高聳立的觀音山，和陡削狹窄長長地延伸到海中的——八里渡船頭。

從此，這一處地方就變成了我的一種隱祕的疼痛，也因而更變成了一種隱祕的安慰。每當我想逃離永遠堆積在眼前的工作的時候，每當我心裡覺得非常疲倦的時候，我就很想一個人再去一次淡水。

想去走一趟那條長長窄窄的老街，想去再坐一趟渡船，再渡一次，渡我到對岸。

渡我到我的對岸。

在南下的火車上

有時候，對事物起了珍惜之心，常常只是因為一個念頭而已，這個念頭就是——這是我一生中僅有的一次，僅有的一件。

然後，所有的愛戀與疼惜就都從此而生，一發不可遏止了。而無論求得到或者求不到，總會有憂傷與怨恨，生活因此就開始變得艱難與複雜起來。

而現在，坐在南下的火車上，看窗外風景一段一段的過去，我才忽然發現，我一生中僅有的一次又豈只是一些零碎的事與物而已呢？

我自己的生命，我自己的一生，也是我只能擁有一次的，也是我僅有的一件啊！

那麼，一切來的，都會過去，一切過去的，將永遠不會再回來，是我這僅有的一生中，僅有的一條定律了。

那麼，既然是這樣，我又何必對某些事戀戀不捨，對某些人念念不忘？

既然是這樣，為什麼在相見時仍會狂喜，在離別後仍會憂傷？

既然沒有一段永遠停駐的時間，沒有一個永遠不變的空間，我就好像一個沒有起點沒有終點的流浪者，我又有什麼能力去搜集那些我珍愛的事物？搜集來了以後，又能放在哪裡？

而現在，坐在南下的火車上，手不停筆的我，又為的是什麼呢？

我一直覺得，世間的一切都早有安排，只是，時機沒到時，你就不能領會，而到了能夠讓你領會的那一剎那，就是你的緣分了。

有緣的人，總是在花好月圓的時候相遇，在剛好的時間裡明白應該明白的事，不多也不少，不早也不遲，才能在剛好的時刻裡說出剛好的話，結成剛好的姻緣。

而無緣的人，就總是要彼此錯過了。若真的能就此錯過的話倒也罷了，因為那樣的話，就如同兩個一世也沒能相逢的陌生人一樣，既然不相知，也就沒有得失，也就不會有傷痛，更不會有無緣的遺憾了。

遺憾的是那種事後才能明白的「緣」。總是在「互相錯過」的場合裡發生。總是在擦身而過之後，才發現，你曾經對我說了一些我盼望已久的話語，可是，在你說話的時候，我為什麼聽不懂呢？而當我回過頭來在人群中慌亂地重尋你時，你為什麼又消失不見了呢？

年輕時的你我已是不可再尋的了，人生竟然是一種有規律的陰錯陽差。所有的一切都變成一種成長的痕跡，撫之悵然，但卻無處追尋。只能在一段一段過去的時光裡，品味著一段又一段不同的滄桑。可笑的是，明知道演出的應該是一場悲劇，卻偏偏還要認為，在盈眶的熱淚之中仍然含有一種甜蜜的憂傷。

這必然是上蒼給予所有無緣的人的一種補償罷。生活因此才能繼續下去，才會有那麼多同樣的故事在幾千年之中不斷地上演，而在那些無緣的人的心裡，才會常有一種似曾相識的模糊的愁思罷。

而此刻，坐在南下的火車上，窗外的天已經暗下來了。車廂裡亮起燈來，旅客很少，因而這一節車廂顯得特別的清潔和安靜。我從車窗望出去，外面的田野是漆黑的，因此，車窗像是一面暗色的鏡子，照出了我流淚的容顏。

在這面突然出現的鏡子前，我才發現：原來不管我怎樣熱愛我的生活，不管我怎樣惋惜與你的錯過，不管我怎樣努力地要重尋那些成長的痕跡；所有的時刻仍然都要過去。在一切的痛苦與歡樂之下，生命仍然要靜靜地流逝，永不再重回。

也許，在好多年以後，我唯一能記得的，就是在這列南下的火車上，在這面暗色的鏡前，我頰上的淚珠所給我的那種有點溫熱又有點冰冽的感覺了罷。

一九八一年十二月十日

輯二 窗內

我的記憶

學生們一向和我很親，上課時常常會冒出一些很奇怪的問題，我也不以為意，總是盡量給他們解答。

有一天，一個胖胖的男生問我：

「老師，你逃過難嗎？」

他問我的時候還是微笑著的，二十歲的面龐有著一種健康的紅暈。

而我一時之間，竟然不知道該如何回答。

*

我想，我是逃過難的。我想，我知道什麼叫逃難。在黑夜裡來到嘈雜混亂的碼頭，母親給每個孩子都穿上太多的衣服，衣服裡面寫著孩子的名字，再給每個人手上都套上一個金戒指……。

我知道逃難，我想我知道什麼叫逃難。在溫暖的床上被一聲聲地喚醒，被大人們扯起來穿衣服、穿鞋、圍圍巾、睡眼惺忪的被人抱上卡車。車上早已堆滿行李，人只好擠在車後的角落裡，望著乳白色的樓房在晨霧中漸漸隱沒，車道旁成簇的紅花開得驚心。而忽然，我最愛的小狗從車後奔過來，一面吠叫，一面拚了全力在追趕著我們。小小心靈第一次面對別離，沒有開口向大人發問或懇求，好像已經知道懇求也不會有效果。淚水連串地滾落，悄悄地用圍巾擦掉了，眼看著小狗越跑越慢，越來越遠，而五、六歲的女孩對一切都無能為力。

然而，年輕的父母又能好多少呢？父親滿屋子的書沒有帶出一本，母親卻帶出來好幾幅有著美麗的花邊的長窗簾，招得親友的取笑：「真是浪漫派，貴重的首飾和供奉的舍利子都丟在客廳裡了，可還記得把那幾塊沒用的窗簾帶著跑。」

誰說那只是一些沒用的物件？那本是經過長期的戰亂之後，重新再經營起一個新家時，年輕的主婦親自出去選購，親自一針一線把它們做出來，再親手把它們掛上去的，誰說那只是一些沒用的物件？那本是身為女人的最美麗溫柔的一個希望啊。

在流浪的日子結束以後，母親把窗簾拿出來，洗好，又掛在離家萬里的窗戶上，在月夜裡，微風吹過時，母親就常常一個人坐在窗前，看那被微風輕輕拂起的花邊。

這是我所知道的逃難，而當然，還有多少更悲傷更痛苦的不同的命運，我們一家相比之下，反倒是極為幸運的一家了。年輕的父母是怎樣牽著老的、帶著小的跌跌撞撞地逃到香港，一家九口幸而沒有在戰亂中離散。在這小島上，我們沒有什麼朋友，只是一心一意地等待，等待著戰爭的結束，等待著重返家鄉。

父親找到一個剛蓋好的公寓，門前的鳳凰木還新栽下去不久，新鋪的紅鋼磚地面還灰撲撲的都是些細碎的砂石，母親把它們慢慢地掃出去。父親買了家具回來，是很多可以摺疊的金屬椅子，還有一個可以摺疊的同樣質料的方桌子，擺在客廳裡，父親還很得意地說：

「將來回去的時候還可以帶著走。」

全家人都接受了這種家具。儘管有時候吃著吃著飯，會有一個人忽然間被椅子夾得動彈不得。或者晚上做功課的時候，桌子會忽然陷下去，大家的書和本子都混在一起，有人乘勢也嘻嘻哈哈地躺在地上，製造一場混亂。不過，大家仍然心甘情願地用這些奇妙的桌椅，因為將來可以帶回去。

一直到有一天，木匠送來一套大而笨重的紅木家具，可以摺疊的桌椅都不見了。沒有人敢問一句話，因為父親經常鎖緊眉頭，而母親也越來越容易動怒了。

香港公寓的屋門上方都有一個小小的鐵窗，窗上有塊活動的木板，我記得我家的是塊菱形的，窗戶開得很高，所以，假如父母不在家而有人來敲門時，我們就需要搬個椅子爬上去，把那塊木板推開，看看來的客人是誰。

我們的客人很少，但是卻常常有人來敲門，父母在家時，會不斷地應門，而在有事要出去的時候，總會拿出一疊一毛或者五分的硬幣放在桌上，囑咐我們，有人來要錢時就拿給他們。

我們這些小孩從來都不會搞錯，什麼人是來拜訪我們的而什麼人是來要錢的。因為來要錢的人雖然長得都不一樣，卻都有著相同的表情，一種很嚴肅，很無奈的表情。他們雖然是在乞討，卻不像一個乞丐的樣子。他們不哭、不笑、不出聲；只在敲完了門以後，就安靜地站在那裡，等我們打開小窗，伸出一隻小手，他就會從我們的手中接過那一毛錢或者是兩個斗零（五分），然後轉身慢慢走下樓去，從不道一聲謝。

在一天之內，總會有七、八個，有時甚至十一、二個人來到我們的門前，敲門，拿了錢，然後走下樓去。我們雖然對那些面貌不太清楚，但是卻知道絕不會有人在一天之內來兩次，而且，也知道，在一個禮拜之內，同一個人也不會天天來，有時候也會加上一些新的面孔，而那些面孔，常常都是很年輕的。

我們不知道他們從哪裡來，也不知道他們要去哪裡。可是，我猜他們拿了錢以後是去下面街上的店子裡買麵包皮吃的。我看過那種麵包皮，是為了做三明治而切下的整齊的邊，或者是隔了幾天沒賣出去的陳麵包，有好心的老闆，仍然把它們像糖果一樣地放在玻璃罐子裡，也有些麵包店就把它們亂七八糟地堆在店門口的簍子裡，給他一毛錢，可以買上一大包。

有時候，在公寓左邊那個高台上的修女辦的醫院也會發放這種麵包皮。那些人常常在去過醫院以後，再繞到我們家來。我們在三樓，可以看到他們一面嚼著一面低頭向我們這邊走過來。他們從不會兩個人一起來，總是隔一陣子出現一個孤單的人，隔一陣子，傳來幾響敲門的聲音，我和妹妹就會爭著擠上椅子，然後又很不好意思地打開那扇小門，對著一個年輕卻憔悴的面孔，伸出我們的小手。

日子就這樣一天天地過去，門外的面孔按時出現。夏季過去，我進了家後面山上的那個小學，新學校有一條又寬又長的階梯，下課時常常從階梯上跳著走回家，外婆總會在家門前的鳳凰樹下，帶著妹妹和弟弟，微笑地迎接我。

學校的日子過得很快樂，一個學期過了，又是一個學期，然後妹妹也開始上學，我們在家的時間不多，放了學就喜歡在鳳凰木底下消磨，樹長得滿高的了，弟弟跟在我們身後跑來跑去，胖胖的小腿老會絆跤。

「姥姥，怎麼現在都沒人來跟我們要錢了？」

有一天妹妹忽然想起來問外婆。可不是嗎？我也想起來了，這一向都沒看到那些人，他們為什麼不來了？

外婆一句話也不說，只是深深地嘆了口氣，然後就牽著弟弟走開了，好像不想理我們兩個，也不想理會我們的問題。

後來，還是姊姊說出來的：家裡情況日漸拮据，一家九口的擔子越來越沉重，父母再餘不出錢來放在桌子上。而當有一天那些人再來敲門時，父親親自打開了屋門，然後一次次地向他們解釋，我們已經沒有能力再繼續幫助下去了。奇怪的是，那些一直不曾說過謝謝的人，在那時反而都向父親深深地一鞠躬後才轉身離去。

向幾個人說過以後，其他的人好像也陸續地都知道了，兩三天以後，就再也沒有人來我們家，敲我們的門，然後，安靜地等待著我們的小手出現了。

姊姊還說：

「爸爸不讓我們告訴你們這三個小的，說你們還小不要太早知道人間的辛苦。可是，我覺得你們也該多體諒一下爸爸媽媽，別再整天叫著買這個買那個的了……。」

姊姊在太陽底下瞇著眼睛說這些話的樣子，我到今天還記得很清楚。

我不知道，我是不是從那天起開始長大？

*

我始終沒有回答我學生的那個問題。

不是我不能，也不是我不願，而是，我想要像我的父母所希望的那樣，要等到孩子們再長大一點的時候才告訴他們，要他們知道了以後，永遠都不忘記。

一九七九年四月

幾何驚夢

總是會做這樣一類的夢：知道這一堂要考試，但是在大樓裡上上下下，就是找不到自己的教室。要不然就是進了教室，老師來了，卻發現自己從來沒上過這麼一門課，也沒有課本，坐在位子上，心裡又急又怕。

還有最常夢到的一種，就是：把書拿出來，卻發現上面一個字也看不懂，而其他的人卻篤定得很。老師叫我起來，我張口結舌，無法出聲，所有的同學都轉過頭來，用一種冷漠、不屑的眼光看我，使得我在夢裡都發起抖來。

醒來的時候常常發現整個人緊張得都僵住了，要好半天才能緩過氣來，心裡好像壓著一塊重東西，非要深呼吸幾次才能好轉，才能完全恢復清醒。醒了以後，在暗暗的夜色裡，自己會在床上高興得笑起來，慶幸自己終於長大了。

終於長大了，終於脫離了苦海了。那個苦海一樣的時代，噩夢一樣的時代，要上數學、上物理課的時代，我終於不必再回去了。

初中二年級，從香港來考聯合招收插班生的考試，考上了當時的北二女（現在的中山女高），被分到初二義班，開始了我最艱難困苦的一段日子。奇怪的是，在香港的小學時代，我的腦子好像還可以，算術課也能跟得上，可是，進了北二女後，數學老師教的東西，我沒有一樣懂。

那是一種很不好受的滋味：老師在台上滔滔不絕，同學在台下聽得興味盎然，只有我一個人怔怔地坐著，面前擺了一本天書。我盡量想看、想聽，可是怎麼也進不去她們的世界裡。我唯一能做的事，就是用一支筆在天書上畫圖。一個學期下來，畫出一本滿滿都是圖畫的幾何或者代數，讓我家裡的補習老師嘆為觀止，還特意拿了一本回去給他的同學看。那些在理工學院讀書的男生看過以後，都沒有忘記，隔了快二十年的時間，還有人能記得我的名字，還會跑來告訴我，他們當年曾經怎樣欣賞過我的數學課本。

當然，在二十年後的相遇裡，提起這些事情實在是值得開懷大笑一場的，不過，在那個時候，在我坐在窗外種滿了夾竹桃的教室裡的那個時候，心情可是完全不一樣的。

在那個時候，數理科成績好的，才能成為同學羨慕的好學生，而文科再好的人，若是數理差，在班上就不容易抬起頭來。記得有一次，我得了全初三的國文閱讀測驗第一名，名字公布出來，物理老師來上課的時候，就用一種很惋惜的口吻說：

「可惜啊！國文那麼通，怎麼物理那麼不通呢？真是可惜啊！」他一面笑一面搖頭。同學們也都回過頭來對我一面笑一面搖頭，大概因為我剛得了獎的關係，班上還瀰漫著一股溫和友愛的氣氛。可是，有一次卻不是這樣的。

那一次，也是全班都回過頭來對我看，我的座位是最後一排最靠窗邊的一個位子，數學老師剛剛宣布了全班上一次月考的考試和平常分數，我是最後還沒有揭曉的一個人，老師問我：

「席慕蓉，你知道你得了幾分嗎？」

她的聲音很冷，注視著我的眼光也好冷。全班的同學一起回過頭來盯著我看，我整個人僵住了，硬著頭皮小聲地回答：

「不知道。」

「讓我告訴你：月考零分，平時零分。」

一霎時，四十多個人的眼光裡，那種冷漠，那種不屑，那種不恥與我為友的態度都很明白地表示出來了。對一個十二、三歲的女孩來說，實在是需要一點勇氣才能承擔起那樣一種無望與無告的困境的。奇怪的是，本該落淚的我那時並沒有流一滴淚，只是低下頭來等著那一剎那過去，等著讓時間來沖淡一切、補救一切。

表面上，日子是一天一天地過去了，而在夜晚，冰冷的夢境從此一次次地重演，把我拉進了最暗最無助的深淵。

那個時候，好恨老師，也好恨自己。家裡為了我，補習老師是不斷的。可是，當時沒有一個人知道，我是個天生的「數字盲」。假如世界上真有這種病症的話，我就是這種人。和「文盲」不同，文盲只要能受教育，就可以治癒，而數學盲卻是永遠無藥可救的。

跌跌撞撞地混到初三下，數學要補考才能參加畢業考。補考的頭一天晚上，知道事態嚴重，一個晚上不敢睡覺，把一本幾何從頭背到尾，心裡卻明白，這樣並沒有什麼用，不過只是盡人事而已。

第二天早上，上數學課時，講到一半，老師忽然停了下來，說要複習，就在黑板上寫了四題讓全班演算。我是反正照平常的樣子在數學簿子上把數目字亂搬一氣，心裡卻一直惦記著下午的補考。

下課以後，老師走了，班上的同學卻鬧了起來。她們認為，這四題和正在教的段落毫無關係，沒頭沒腦的四條簡單的題目出在黑板上，老師一定別有用心。

數學補考是定在下午第一堂，地點是在另外的一個教室裡，我們班上要補考的人有七個，忽然之間成了全班最受憐愛的人物了。

三十幾個優秀的同學分成七組，每一組負責教會一個。教了半天沒有效果，乾脆把四題標準答案寫出來教我們背，四題之中，我背會了三題，在下午的補考試卷上得到了七十五分，終於能夠參加畢業考，終於畢了業。

那麼多年過去了，那天的情景卻也始終在我心中。假如說：初中兩年的數學課是一場噩夢的話，那麼，那最後的一堂課卻是一場溫馨美麗的記憶。我還記得那些同學一面教我們，一面又笑又嘆氣的樣子，教室裡充滿了離別前的寬容和依依不捨的氣氛，那樣真摯的友愛溫暖了我的心，使得從來不肯流淚的我在畢業典禮上狠狠地哭了一場。而在講台上坐著的數學老師和國文老師一樣，都在微笑地注視著我，她們一樣關切和一樣憐愛的眼光，送我離開了我的初中時代。

終於逃脫了那個噩夢，我是絕不肯再回去的了。所以，高中就非要去讀台北師範的藝術科不可，因為我仔細查過他們的課程表，一堂數學也沒有。

當然，現在有很多人會說：我是從小就喜歡畫畫，加上初中時美術老師的鼓勵，所以毅然決然地選擇了這一條路的。其實，事情並不全是這樣，我其實並不一定要學畫畫的。與其說是美術老師鼓勵我，倒不如說是數學老師逼著我走上的這一條路，因為，除此以外，我無路可走。

不過，我現在無論怎麼向人家解釋，人家都不會相信，他們總是微笑地說：

「哪裡！你太客氣了，你太謙虛了。」

而只有在我常做的那個噩夢裡，他們才會相信我，才會一起轉過頭來，用那種冷冷的眼光注視著我，使我一次又一次地重新掉進那無望無告的深淵。

一九八一年十一月

花的聯想

1

我很喜歡花。看花、畫花都是我平日常做的事。但是，很奇怪，一朵兩朵的花，除非是長在很特別的地方，或者開在很特別的時間裡，否則的話，我都不會太在意它們。可是，每次看到一大叢一大叢的花，眾多的花苞像發了瘋似地綻放時，我的心情就會緊張起來，好像有些什麼負擔，重重地壓在我心上，讓我喘不過氣來。

前一陣子，在師專的校園裡，對著滿樹的白山茶著急。每次去上課時，都會抽空畫上幾張速寫，但是總覺得畫得不夠，無論是鉛筆或者是粉彩，我都沒能好好地把山茶的潔白與美麗表現出來。怎麼辦？怎麼辦？每個星期都要這樣惶惶然地自己問自己。

一直到有一天，發了狠去舊女生宿舍的廢園裡，從大山茶樹上摘下一枝，枝上有好幾朵已開、要開、未開的，每一朵有每一朵不同的表情。心裡知道摘花是不對的，因此拿著花走過教室走廊前時頗為忐忑，可是又安慰自己，假如能好好地畫出幾張畫來，也就算對得起這些花了。

我果然好好地畫起來了，當天晚上在畫室裡畫到很晚，畫成一張素描。第二天整個一天坐在畫架前，畫出一張十五號的油畫。從早上畫到晚上，十二個鐘點裡只畫出一朵，可是，是又白又乾淨的一朵，於是，人才慢慢地安靜下來。第三天，瓶中的山茶依然無恙，早上的畫室，有一種柔和的光影，我拿出一個四十號的畫布，坐下來，把整個畫室和茶花之間的顏色都畫了上去，一天就這樣過去了。到了晚上，我把粗稿完成，心裡覺得，終於沒有辜負了這一季，沒有讓山茶白白地又開了一次，覺得，有了這幾張作品，才對得起校園裡幾百朵幾千朵的茶花。然後，下個禮拜，再去上課，就不再那樣慌亂和緊張了，甚至，也不再去注意那些仍然還在零落地開著的山茶了。

這是一種什麼樣的心理呢？住在石門水庫，宿舍區的草坪上種滿了杜鵑，每個春天，騎車從草坪旁經過，遙看那醞釀著的一層密似一層的花苞，便覺得整個心都鬧起來了。

前兩年孩子太小，不大能出門，春天常常快過去了才被我看見。前年，在草坪上有一叢粉色的杜鵑，開得已呈疲態了才在驅車經過時匆匆地瞥了一眼，心裡好難過，幾乎要流下淚來。那樣倉促的春天，怎麼能就那樣地對待一個春天？一個滿滿的都是花的春天。

因而，從去年開始，我就不再放過了。坐在草坪上，對著一大叢一大叢的杜鵑畫了個夠。也許因為我貪心，發現五十號、四十號的畫都不過癮，於是，在畫室裡釘了一個一百二十號的大框子，綳上畫布，刷好底色，我幾乎是摩拳擦掌地開始畫我的《杜鵑的狂歡節》。

好幾個春天的夜晚，我在畫室裡待到午夜過後兩三點才休息。我的畫室就在家屋的對面，晚上好靜，關上畫室的門，橫過巷子走回家，廊下的燈是家人為我留下的。燈光透過剛發芽的槭樹的嫩枝，春夜的空氣潮濕而又溫暖，我在樹下，覺得自己的心也和這春夜一般柔潤，充滿感激。

工作得起勁的時候，心裡總是快樂和滿足的。

2

今天在新竹的花店裡看到小蒼蘭，小小一把就賣上十塊錢，可是是又香又柔又多姿的小花小葉，我實在沒法離開。挑了幾小把，拿在手上，花開得不多，尖端盡是些綠色的小花苞，花店的女主人告訴我，它們每一個花苞都會開。她說話時的神情好像在向我保證：我的每一塊錢都花得值得。

我當然相信她，因為你只要看一眼小蒼蘭，你就會相信它是一種很盡責的花。每一枝都長得極為婀娜，好像每一枝都有每一枝的故事。

我中午就買了，下午三堂課的時間都把它插在水裡。每個同學走過，我都會叫他們來看，和我一起來享受。下課後就把它從水裡拿出來，放在車上帶回家。車在高速公路上奔馳的時候，它的幽香仍一陣陣地傳過來。

而此刻，把它插在玻璃瓶裡，放在桌上。燈下，花的顏色是一種帶綠帶白的柔黃。你可以順著它生長的方向一枝枝地看過來，好像在讀一首詩。不像其他的花，不像玫瑰或者菊花，只能一團一團地看，小蒼蘭是可以一筆一筆地讀出來的花。

3

那麼，對我來說，荷花又是什麼呢？

前幾年，孩子小時，白天在報紙上看到《聯合報》的記者陳長華，在副刊上寫了一篇短文，說荷花又開了，在植物園的荷池旁有多少美麗的景致。看著看著，心裡竟妒忌起她來。到了晚上，孩子餓了哭著醒來，我一面沖奶，一面狼狽地照顧著，也仍然只有一個念頭在心裡：「明年荷花開時，一定要去畫。」

到了第二年，果然早早地去了，好幾個炎熱的下午，對著滿池的荷，狠狠地畫了幾張，心病就好了。要再犯病，大概就是下一季的事了。

荷花，對我來說，到底是什麼呢？

不管是佛手上拈著的那一朵，還是佛座下盤著的那一朵；是瓦當，還是筆洗；不管是敦煌的，還是玄武的，荷花是我心中與眼中最愛的那一朵，是我最弱的一點。

荷，是我無止境的鄉愁。

我從來沒想到，會有人不喜歡荷，會有人和我不一樣。好幾個夏天，我嘟囔著要美術科的同學和我一起去植物園寫生，我總催他們快去，快去畫荷。

一直到有一天，我記得是添明，他要笑不笑地對我說：「老師，你為什麼要催我們去畫荷花呢？老實說，我們並不太喜歡荷花的樣子。」

我想，我當時回答他的聲音一定很大，因此，他的臉又紅了，他是個很愛臉紅的同學。可是，我實在沒想到，會有人不太喜歡荷花，怎麼可能？怎麼可能？

隔了很久，我才能接受這個事實：每個人有他不同的生活經驗，因而也有了不同的喜好。其實，上油畫課時，我自己也常愛強調這一點，但是，真到了自己身上，很多感覺又不一樣了。

4

蔡老師有一次興致來了，把我們好幾位老師比做花，哪一位老師像什麼花，哪一位又像哪一種花。我聽了之後，覺得其實我們的一生和花的一生也實在沒有什麼分別。

我們都一樣，都只有一個春天，只有一次開花的機會。你們大概從沒看過有哪一種花是開了一次，還可以開第二次的罷？樹可以有第二或第三、第四個春天，而對一朵花來講，春天是只有一次的。

美五教室前的那棵木棉，年年開了一樹透紅的英雄花，連凋謝時也是一種墜地有聲的壯烈的美。而我們操場邊上那棵鳳凰木則是一棵很出名的樹，每年夏天，都會有些美術老師，從台北，或從台中問我們：「它開花了沒有？」

而每一朵花，只能開一次，只能享受一個季節的熱烈的或者溫柔的生命。我們又何嘗不一樣？我們只能來一次，只能有一個名字。

而你，你要怎樣地過你這一生？你要怎樣地來寫你這個名字呢？

一九八〇年三月二十九日

白髮吟

敬悼恩師莫大元教授

克明、悅珍、富美、康麗：莫老師已經走了，你們知道嗎？寶芬、珀英、春莘、維平，那樣愛我們、寵我們的莫老師已經走了，你們知道嗎？

莫老師是在今年一月廿六日上午以九十高齡逝世的，二月二日我去參加了追思禮拜，來了好多老師好多校友。宣廣也來了，我們師大藝術系五二級的同學那天只有我們兩個，算做是你們大家的代表。在向莫老師靈前鞠躬的時候，我真替你們幾個向莫老師道了別，我覺得，莫老師似乎仍然含笑地在聽我們唱歌，唱那首他最愛聽的歌。

你們現在散居在各處，香港、紐約、巴黎、多倫多；有的人已經好多年沒見面了，可是，我相信，假如我要要求你們回來，為師母唱那一首歌的話，你們一定會願意的罷。

我回國以後，也並沒常和老師見面，而見了面的那幾次，也總忘記問老師，他到底向師母唱了那首歌沒有？那時候，總認為，下次還有機會。老師身體又那麼健康，下次見面再問好了。卻沒想到，畢業十幾年，我們之中，終於沒有一個人能知道，莫老師到底唱了那首歌沒有？

在追思禮拜中，因為來的人太多，我們很多人都只好站在外面，進不去靈堂，我也沒看到師母。或者，不如說，我沒敢去找師母，我不知道，我要如何才能向她說出藏在我心中那麼多年的那句話。

一年級時，莫老師教我們用器畫，我是最壞的學生之一。不會用圓規和其他儀器，也沒有任何數字概念，老師在台上說的什麼我完全不能了解，一切都只靠死記死背。那時候，莫老師極為嚴厲，不苟言笑，我好怕他，每次上課都戰戰兢兢的。

到了二、三年級，莫老師好像沒教我們什麼課，可是，他又好像常常在我們的身邊。我們畫得好他高興，畫得壞他也來打氣，慢慢地，我覺得他外表雖然很凶，內心實在非常慈和，有時候，在走廊上他遠遠地叫住我時，我也不會嚇一跳了。在他的面前，我終於變得從容起來。我想，你們應該也是一樣罷。

到了四年級，莫老師帶我們實習參觀時，我們已經被他寵得非常放肆了。他帶著我們，就像個白髮的爺爺帶著一群吱吱喳喳的小孫女。現在回想起來，莫老師那年也有七十多歲了，還帶著我們上山下海地去環島旅行，身體實在非常健康。他的腰總是挺得直直的，兩眼總是炯炯有神。在他面前，很奇怪的，我們自然地就變得愛嬌起來，那是一種多麼幸福的心境。

也就是在那樣的心境之下，我們才發現了嚴肅的老教育家胸懷中的那個祕密的罷。

那天，坐小火車上阿里山，一個轉彎又一個轉彎，我們慢慢地從熱帶進入溫帶。車窗外的樹越來越秀氣，雲霧在林間纏繞，空氣潮濕而又清香。在車廂裡的我們自然地散坐成幾個集團，愛唱歌的幾個圍繞著莫老師坐著，有的和莫老師一樣坐在椅子上，有的就坐在老師膝前的地上。春莘開始唱起歌來，寶芬總是做第二部的和聲，我們唱了好幾首歌以後，莫老師忽然說：

「再唱一次剛剛那首歌好嗎？」

我們怔了一下，剛剛唱的是哪一首呢？康麗反應比較快，馬上開始重新哼起來，於是，我們又一起跟上去，微笑地面對著莫老師，我們唱著：

親愛我年已漸老
白髮如霜銀光耀
可嘆人生譬朝露
青春少壯幾時好
唯你永是我愛人
永遠美麗又溫存
唯你永是我愛人
永遠美麗又溫存

莫老師含笑地聆聽，車廂裡很安靜，其他的同學也微笑地注視著我們，窗外雲一朵朵地飛過，山一片片地掠過，火車越爬越高。

唱完了一遍以後，莫老師又要我們再唱一遍，因為，他說：

「我好想學會這首歌，回去唱給你們師母聽。我覺得，這首歌好像就是為我們作的。」

怎麼可能！那樣威嚴的老師，那樣慈和的爺爺，怎麼可能會有這樣浪漫的一種念頭呢？

當時，全車廂的同學都哄笑起來，有吹口哨的，有大聲喊叫的，有紅著臉對望的；沒有一個人不覺得這是件非常滑稽的事。

可是，莫老師說：

「真的，你們不要笑我。你們師母和我結婚這麼多年，我沒有一天不愛她敬她。可是，有些話並沒有告訴她。剛才聽你們唱這首歌，覺得它好像替我唱出了我心裡的感覺，我真的想跟你們學，學會了我回去就唱給你們師母聽，她一定會很高興的。」

莫老師的樣子沒有變，莫老師的聲音沒有變，可是，在我的心裡，在我的眼中，莫老師再不是以前的莫老師了。透過他的白髮，我似乎能看到他那顆熱烈的心。

莫老師是在日本留學的，是不是也是在日本遇到師母的呢？是四十年前的事，還是五十年前的事呢？在車廂裡，在我們眼前的巍巍長者，不也曾是從俊秀的春日裡走過來的嗎？在我們印象裡，一直和藹沉靜的師母，不也曾是姣好的櫻花下的中國少女嗎？愛情不也是該屬於他們的嗎？愛情並不是只該屬於二十歲的我們的，像莫老師那樣的愛，又豈是我們那樣的年齡可以想像得到和揣摩得出的呢？

我想，在那一剎那，我們都或多或少地感受到那一種愛了，那一種熱烈而又溫存的、安靜而又芬芳的、像海洋又像湧泉的愛；多令人羨慕的境界！多令人羨慕的愛情啊！

於是，我們幾個女孩子認真地再唱了起來：

當你花容漸萎衰
烏漆黑髮也灰白
我心依然如當初
對你永遠親又愛
人生歲月去不回
青春美麗誠難再
唯你永是我愛人
此情終古永不改

車窗外寒帶的松柏都出現了，在微帶灰色的雲層下挺立著。氣溫逐漸降低，風景仍然美麗。熱帶、溫帶、寒帶；我想，每一種樹木儘管面貌不同，伸向蒼天的熱烈的生命力卻應該是一樣的罷！

車廂裡的我們，在一遍遍地輕聲重複了以後，莫老師終於跟得上了。車抵阿里山車站時，全班的同學都陶醉地哼著同樣的調子：

唯你永是我愛人
此情終古永不改
唯你永是我愛人
此情終古永不改

悅珍、珀英、富美，我想，你們都不會忘記那一天罷？寶芬、春莘、康麗，你們是不是也和我一樣，在以後，每次唱這首歌時都會想起那一天，那一節車廂，和那一朵朵飛過窗外的雲呢？而在我們周圍的其他的同學，包括宣廣他們那些男生在內，是不是在我提起了以後，也會依稀地記起那一種氣氛來了呢？我親愛的同學們，我相信，你們是不會忘記的。你們一定也和我一樣，把那一種氣氛，那一段記憶當作珍寶，很謹慎地藏在心中某一個角落裡了罷。

而遺憾的是，很快就畢業了。畢業考、畢業美展、畢業典禮；我們忙得竟然忘了問莫老師。然後，畢業之後，分發就業，有的當兵，有的教了一年書又出國，一晃之下，十幾年就過去了，而我們在這十幾年當中，竟然始終沒能向莫老師問出那一句話：

「老師，您唱給師母聽了沒有？」

二月二號那天早上，在老師的靈前，我也想到這句話，仍然沒敢問，淚已沾襟。

不過，今天晚上，在燈下流著淚給你們寫這封信時，我忽然想到，也許，就算莫老師沒能向師母唱出那首歌，師母也應該能感覺得到莫老師的愛意了罷？老師不是說，那首歌好像就是為他們寫的嗎？那麼，既然已經用一生一世的恩愛來做為明證，唱不唱那首歌又有些什麼不同呢？

在我們年輕的時候無法想像與無法揣摩的那種愛和那種心境，今夜的我卻似乎能夠體會到一點了。原來在追思禮拜時怕看到師母，是因為怕會看到師母失偶的悲傷，現在想起來，忽然覺得，我也許錯了。師母也許會流淚，也許會悲傷，但是，對師母來說，莫老師並沒有離開。快七十年的婚姻，所有的青春記憶，所有攜手共度的滄桑，所有的凝視與低語，所有相伴的朝朝暮暮，都在師母的心中了。七十年的恩愛歲月，又豈是死亡可以奪去和分隔的呢？

那麼，今夜，讓我請求你們，我親愛的同學，無論你們中的哪一個，當你們回來的時候，請來找我。讓我們一起去莫老師的家，去告訴師母，我們要為她唱那首歌，那首莫老師已為她唱了一生一世的歌。我想，她一定會微笑地聆聽，一如莫老師當年那樣。

因為，正如莫老師所說的，那原本是為他們而寫的歌啊！

一九八一年三月二十五日

窗前札記

窗前的婦人

後院裡有十幾坪的空地，丈夫在中間種了七、八株玫瑰。圍繞著這些玫瑰，在牆邊，我隨意栽了幾株花樹。有白蘭花、蓮霧樹，還有韓國櫻花、聖誕紅、紫陽花和夜合歡。沒有怎麼加意地照料，但是在這個豐饒的島上，所有的花樹都恣意地順著季節盛開著。

牆上爬的是木本牽牛，十月的時候，會開出滿枝的紫色的花簇，從深紫漸漸變成淡粉。去年花開的時候，廖和曾剛好一起到石門來，她們先不去看我的畫，卻先跑到院子裡來看花，喜歡得不得了。廖向我要求，春天來時一定要設法給她找一棵同樣的爬籐來。

今年春天，我把木本牽牛的幼株連著盆子帶到她家，種在她後園的牆邊，後來兩人在通電話的時候，就常常會交換兩家牆上的植物的消息。

有一次，她說：「我喜歡在我做飯的時候，可以抬頭看看窗外的院子，這樣心裡會更快活一點。」

我深有同感。做為一個家庭裡的主婦，每天總會定時地進入廚房，儘管我要畫畫，還要教書，可是我仍然也要為丈夫和孩子們準備一天一次或兩次的餐食。我並不討厭做飯，相反地，有時候，從畫室裡走出來，洗乾淨了沾滿顏料的雙手，圍起圍裙，開始淘米煮飯的時候，心裡也是很快樂的。

但是，你若要我在洗杯子、洗筷子和看一本書或者去山上散散步的兩種生活方式裡選擇的話，我當然要去看書或者散步，我當然不要去洗杯子或者洗筷子。只是，做為一個婦人，總有一些該盡的義務，由不得你說喜歡或者不喜歡的。

所以，在洗杯子的時候，在等菜熟的時候，我常常會從廚房的窗口望出去，不為什麼，只為看看外面的天色，看看院子裡的花。而無論是正午還是黃昏，晴天還是雨天，窗外的景色總能讓我的心胸更加舒散一些。有時候，會忽然惦念起一個好久沒見到面的朋友，有時候什麼也沒想，只靜靜看著我們那隻懶貓睡在花蔭裡，花瓣落在牠胖胖的身上，然後，一頓飯也就在抬頭、低頭之間做好了。

我常想，一定有很多主婦和我一樣，在這近午或傍晚的時分，站在廚房熱熱的爐子前，一面炒菜，一面不自禁地向窗外望出去。她們並不討厭自己的主婦身分，可是，她們也並不太喜歡一生都耽在廚房裡。在心中，在窗外，她們都另有一個世界，在那個世界裡，有她們另外一種獨特的、不屬於任何人的生命。

窗前的婦人，就是因為有了窗外的那一角藍天與自由，才能對窗內的世界更加容忍與珍惜。

蔥蒜的聯想

買菜的時候，賣菜的婦人總會塞給我幾根蔥，我常常是笑著放進菜籃裡，偶爾有幾次，我會婉謝她的好意，因為冰箱裡已蔥滿為患了。

做菜的時候，也學著別人，常常加些蒜瓣兒在青菜裡。笨手笨腳的我，不太會用刀背拍蒜，力氣總是用得不對，因此，常有些蒜頭被震得掉在地下，只好撿起來丟到垃圾桶。好在總有一些剩的在砧板上，可以拿來用，對丟掉的那些因而也不太在意。

一直到有一天，想在晚餐的時候做一條紅燒魚，需要蔥、薑和蒜，打開冰箱，薑是有一點，蔥只有兩根瘦瘦細細的，再一看儲藏室裡，平日放蒜的容器裡，只有一瓣蒜瓣兒了。剛好那時外面風雨很大，鄰居又都不在家，晚飯的時刻也逼近了，於是，只好將就著用這些平日決不會放在眼裡的剩餘物資了。

我非常小心地清洗著蔥，更加小心地輕拍著蒜，平日一定連著皮丟到垃圾桶裡的頭頭尾尾都小心謹慎地撿了起來，放進碟中。小小的白瓷碟裡放著少量的薑、蔥和蒜，女兒過來看到了，笑著說：

「媽媽，你好像在扮家家酒嘛！」

想不到，那樣的一份家家酒配料，竟然在紅燒魚裡發揮了足夠的效用，晚餐的桌上，丈夫與孩子們都沒有不滿意的表示，大家都高高興興地，把菜吃光了。

有好幾天，我心裡都在想著這件事情，好像是這一次蔥蒜的意外，竟然給了我一些聯想與啟示。

不是嗎？我的生活裡有些事物不也是如此嗎？我一直在浪擲著的時光與幸福不也是如此嗎？

今日的我，畫鋼筆畫時有專用的桌子，畫油畫時有專用的畫室，畫布是丈夫和姊妹們特別從國外為我蒐購的，畫框是特別請木匠為我訂製的，可是，我還常常埋怨，常常嘆氣，有時候好久好久都畫不出一張畫來。

而十四歲時，剛進台北師範的藝術科，在中山北路那家唯一的學校美術社裡，我只能買最粗糙的炭條，只能一塊錢一支地挑選著零賣的水彩。可是，那時候，有著一顆熾熱的心，因而，不管是在炎陽下的寫生，或是在古舊的美術教室裡畫石膏，我都戰戰兢兢，全力以赴。因而在今天翻看那時候的作品，儘管技法拙劣，構圖幼稚，可是仍然能感受到畫中有一股力量，有一種說不出來的感人的光澤。

有著豐盛的資源當然很好，但若是因此而失掉了感謝與敬業的心，便是一種可怕的浪費了。

羊齒植物

女兒上了小學三、四年級以後，要帶飯盒上學，我晚上給她準備好，她早上自己開了冰箱拿出來帶走，相安無事。有時候，我白天沒課，也會在中午特別為她送飯去。

前幾天天氣特別好，芒草開得白花花的。我中午騎了車走田間的小路去她的學校。稻子快熟了，味道很香，風吹過來，一片起伏的金黃。住在鄉下真好！孩子上學放學的時候，四季就在他們的身邊與眼前變戲法給他們看。在學校裡有可親的老師，在學校外有可親的大自然，難怪每個孩子都對自然課特別感興趣。

在路上碰到兒子幼稚園裡的老師，她笑著和我打了個招呼，正要錯身而過，忽然停下來問我：「劉太太，你們家的孩子是不是特別偏愛羊齒植物？為什麼他每次只要看到牆角有一小棵的羊齒植物就會高興得大叫？」

怎麼解釋給老師聽呢？在藍色的天空下，在金黃的稻田中央，美麗的老師的黑頭髮在秋天的陽光裡有著很好看的光澤。她正瞇著眼睛微笑地等待我的回答。

要從哪裡開始說呢？從我的童年開始說起，還是從孩子的父親的童年開始說起呢？其實，孩子並不是偏愛羊齒植物，只是，從他懂事以後，從他那兩條小腿能夠跟著大人旁邊打轉以後，我們就常帶他到山上的林子裡去。山離家很近，而到林子裡的目的除了散步以外，還希望能夠找到美麗的羊齒帶回家去。

石門是個潮濕的山區，在山林間常長著各式各樣的羊齒植物，我們試著移植一些到園裡的樹蔭下，有時候成功，有時候不成功。可是整個移植的過程很讓人興奮，從尋找到發現到掘出到植入，一家人從大到小可是全力以赴，有時候孩子發現了一種新的葉子，經過大人認可以後，他們那種得意與欣喜的表情，實在惹人憐愛。

要怎麼解釋給老師聽呢？父母的重視與鼓勵對孩子有無限大的影響。我們不過只是帶他上了幾次山而已，我們不過只是誇了他幾句而已，小小的心靈便對羊齒植物產生了一種狂熱了。他哪裡是偏愛這種植物呢？他偏愛的不過是跟隨著這些植物而來的甜蜜的記憶罷了。

我希望，這些記憶能夠永遠存在他的心中，因而會使他對大自然有了愛戀與感激。等他長大以後，等他有了自己的孩子以後，他也會盡量地帶孩子到山裡去走走，帶孩子辨認各種不同的花樹，然後，他的孩子也會指著林中最幽深的地方，驚喜地向他的父親說：

「看哪！好多好漂亮的羊齒植物啊！」

一九八〇年十二月十四日

不忘的時刻

前言

在有些場合，認識一些新朋友的時候，常聽到別人向他們這樣介紹我：

「她是藝術家。」或者：

「她是職業畫家。」

於是，我的新朋友就會用一種不同的眼光來看我，那時候，我就會覺得很不安。

而同時，也有一些老朋友和老鄰居常常會很生氣地告訴我：

「你根本不像個藝術家。」

也難怪他們會對我失望。我平日和大家一樣：買菜、做飯、曬被、洗衣。也喜歡逛街，喜歡買減價的東西，自己也不太打扮，頭髮沒什麼花樣，衣服沒什麼花樣，屋子裡的陳設也沒什麼花樣；甚至語言應對也極為小心謹慎，除了常常畫畫和開畫展以外，他們實在看不出我有哪一點不一樣。

讓他們失望，我也很不安。可是我實在無法達到他們的要求，無法符合他們心中期望於我的形象。

我本來就不是個藝術家，我只是一個平凡的婦人，為人女、為人妻、為人母。一直到今天，生活對於我都是一條平穩緩慢的河流，逐日逐月地流過。

只是，在這條河流下面，藏著好多我不能也不願忘記的記憶，在我獨自一人的時候常來提醒我，喚起我心中某些珍貴的感情，那時候，我就很想把它們留住，記起來，畫下來。

1

船正在江上，或是海上。我大概是三歲，或是四歲。

我只記得，有一隻疲倦的海鳥，停在船舷上，被一個小男孩抓住了，討好地轉送給我。

我小心翼翼地把海鳥抱在雙手中，滿懷興奮地跑去找船艙裡的父親。

可是父親卻說：「把牠放走好嗎？一隻海鳥就該在天上飛的，你把牠抓起來牠會很不快樂，活不下去的。」

父親的聲音很溫柔，有一些我不太懂又好像懂的憂傷感覺觸動了我，心中一酸，眼淚就掉了下來。轉身走到甲板上，往上一鬆手，鳥兒就撲著翅膀高高地飛走了。天好藍。

2

玄武湖的黃昏，坐在父親腿間，父親雙手划槳，對面是他的朋友，已忘了是哪個叔叔了，只記得是個高高暗暗的影子。

小船從柳蔭下出發，在長滿了荷花荷葉的湖上靜靜地流動。暮色使得一切都變得模糊和安靜。小手上拿著一個飽滿的蓮蓬，在小小的胸懷中，人世間的幸福也正如蓮蓬一樣飽滿、蓮子一樣清香。

後來常常想起，那天的父親三十多歲，剛經過八年的戰亂，能帶著家人，再來南京，再享受那樣清香的一個夏夜，不知道他會不會有一種恍如隔世的感覺？

這也許就是為什麼在那個晚上，父親會那樣沉默，那樣久久不肯離去的原因罷？

3

在大學讀書的時候，家住在新北投的山上。早上去上學時是對著觀音山，下午回來時對著大屯山。多大的太陽我也從不打傘，喜歡一個人在山坡上給風吹給太陽曬的感覺。

後來到了歐洲，好想家。那時候，大屯山上的那片雲，那片白白柔柔的小雲就會飄到我心中，好像那些個長長的下午，那些金色的陽光也都在霎時來到我的身邊。

我畫了那張《一朵小白雲》，寄給父親母親，他們將它配了框子，掛在新北投家中的牆上。

4

姊姊從慕尼黑到布魯塞爾開音樂會。按照慣例，我總是在後台打雜的那個妹妹。

在那天之前，我有兩、三年沒聽她唱歌了，那夜，只覺得有一些新的、不同的東西在她聲音裡面。在輝煌燈光照不到的後台，聽到她如流水琤琮的歌聲從前台轉過來，在異國異鄉，姊姊似乎不再是兒時熟悉的玩伴，因而，她的歌聲也給了我一種全然陌生的啟示。深沉而圓潤、美麗而又悲哀、憂鬱但又充滿希望；藝術家的命運都隱藏在那不絕如縷的歌聲裡了。而在那一剎那間，我也開始了我的轉變。

第二天早上，在藝術學院的畫室裡，我畫了那張到今天還很喜歡的畫：《一條河流的夢》。

5

孩子出生後，改變了我很多，足足有好幾年不能畫畫。

歷史博物館很早就給我安排過時間，但是懷孕、生產一次次地耽擱了下來。

終於有一年決定了日期，也決定了不再延期。女兒已三歲，有人幫忙照顧，不上課的時候，我開始把自己關在畫室裡畫大幅大幅的油畫。

但是，總覺得有些什麼和以前不一樣，有些什麼在心裡牽絆著，總想知道，孩子現在在做什麼？

有一次，一開門，看見女兒坐在畫室門外。她知道媽媽在畫畫，不能吵，可是她又捨不得走遠，不知道一個人在門外坐了多久。

看著她乖乖小小的背影，我的心疼得好厲害。

6

丈夫是研究雷射的，但是，從小對數學與物理都害怕的我，對他的工作一直不感興趣。

一直到有一天，我親眼看見長長細細的雷射光束，在經過折射或反射的處理之後，能夠出現那樣光彩奪目、細緻複雜的畫面時，我不禁屏息，然後歡呼。

怎麼可能？怎麼可能！世間竟會有這樣美麗而又千變萬化的光線。它喚醒了我很多似有若無的記憶，它替我說出了很多我一直想要說的話和境界。

從此，我對雷射另眼相看，當然，對外子也一樣。

7

父親在德國教了十幾年的書了，前年和母親一起回來一次，在我石門的家裡發現一面鏡子，母親微笑地向父親說：

「這不是誰送我們的結婚禮物嗎？」

母親十九歲出嫁，這一面鏡子照過我母親十九歲的容顏。然後三十九、五十九歲，今日的母親已銀絲滿首，但是這一面長形的鏡子除了鏡架略有斑剝之外，鏡面仍然完整，而且還帶有一層冷冷的清冽的光澤。

今夜，這面鏡子仍然擺在我的畫室裡。對著它，我好像對著所有過去的日子、過去的流年。

於是，我在一張張新的畫布上，開始畫了許多的鏡子：「時光會逝去，美會留下。」

後記

我不過是個平凡的婦人，但是，我知道，我在做的是一件奢侈的事情。很多人都為我犧牲了一些：我的父母、我的姊妹、我的丈夫、我的朋友，甚至，我的孩子。他們都或多或少地為我犧牲了一些他們珍貴的東西，我才能在今天坐下來畫我愛畫的、想畫的事物。我深深地感謝他們。對他們來說，我實在並不是一個藝術家，我只是一個受他們無限寵愛與縱容的人。

一九八〇年十月

輯三

初夏

有月亮的晚上

我一個人走在山路上。

兩旁的木麻黃長得很高很密，風吹過來，會發出一種使人聽了覺得很恍惚的聲音，一陣強一陣弱的，有點像海潮。

海就在山下，走過這一段山路，我就可以走到台灣最南端的海灘上。夜很深了，路上寂無一人，可是我並不害怕，因為有月亮。

因為月亮很亮，把所有的事物都照得清清朗朗的，山路就像一條迴旋的緞帶，在林子裡穿來穿去，我真想就這樣一直走下去。

假如我能就這樣一直走下去的話，該有多好！

不過，當然，我是不能這樣的。我應該回到旅館房間裡去。因為，這個白天我已經在海邊畫了一天了。明天早上，還要和另外幾位朋友一起到山裡面去寫生，我現在最需要做的事情就是回房間去洗澡、睡覺，好準備明天的來臨。

可是，我實在不想回去，這樣的月夜是不能等閒度過的。在這樣的月夜裡，很多忘不了的時刻都會回來，這樣的一輪滿月，一直不斷地在我的生命裡出現，在每個忘不了的時刻裡，它都在那裡，高高地從清朗的天空上俯視著我，端詳著我，陪伴著我。

白晝的回憶常會被我忘記，而在月亮下的事情卻總是深深地刻在我心裡，甚至連一些不相干的人和事也不會忘。

就好像有一年在瑞士，參加了一個法文班的夏令營，在山裡一幢古老的修道院裡住了十天。學生裡有東方人也有西方人，幾天下來就混熟了。有個晚上，十幾個人一起到教堂後面的樹林裡去散步。那天晚上月亮就很亮，可是在林子裡的我們起先並不太覺得，等到從林子裡走出來面對著一大片空闊的草原時，才發現月亮已經將整座山、整片草原照耀得如同白晝。比白晝更亮的是一種透明的水綠色的光暈，在山間在草叢裡到處流動著，很亮可是又很柔，像水又有點像酒。

我們都靜下來了，十幾顆年輕的心在那時都領會到一點屬於月夜特有的那種神祕的美麗了。沒有人捨得開口，大家都屏息地望著周圍，好像都希望能把這一刻盡量記起來，記在心裡。

然後，一個從愛爾蘭來的男孩子忽然興奮地叫了起來：

「跑啊！看誰先跑到那邊的林子裡去！」

是啊！跑啊！在這一片月色裡，在這一片廣大的草坡上，讓我們發狂地跑起來，用我們所有的力氣，一直跑到對面的林子裡，對面的陰影裡去罷！

大家都尖叫著往前衝出去了，我動作比較慢，落在他們後面，可是仍然嘻嘻哈哈地跟著跑。這時候，前面人群裡的一個男孩子回頭對我笑著喊了一句：

「快啊！席慕蓉，我們等你！」

我怔了一下，不知道他怎麼會曉得我的名字的。我只知道他是在蘇黎世大學讀工科的一個中國同學，白天上課時他總是坐在角落裡，從來沒和我說過一句話。

那時候，我連他姓什麼也不清楚，而在他回過頭來叫我的那一剎那，我卻忽然覺得有一種似曾相識的感覺。月光下他微笑的面容非常清晰，那樣俊秀的眉目是在白晝裡看不到的。我說不出來是什麼原因，可是，在那天晚上，月下的他回頭呼喚我時的神情，我總覺得在什麼時候見過一樣的：一樣的月、一樣的山、一樣的回著頭微笑的少年。

當然，那也不過只是一剎那之間的感覺而已，然後我就一面揮手，一面腳下加勁地趕上，和他們一起橫越過草原，跑進了在等待著的那片陰暗的樹林裡了。

那天晚上以後的事我都記不起來了，我想，大概不外乎風比較大了，天比較冷了，夜比較深了；然後，就會有比較理智的人提議該回去了，大概就是這樣了罷？世間每一個美麗的夜晚不都是這樣結束的嗎？

我以後一直沒再遇到過那個男孩子，但是，有時候，在有月亮的晚上，我常會想起一些相似的月夜，也就常會想起他來。好多年也這樣過去了。

回國以後，有一次，在歷史博物館開畫展，一對中年夫婦從人叢中走過來向我道賀，交談之下，才知道男的曾和我在瑞士的夏令營裡同過學，忽然間想起來他就是那天晚上那個在月光下回頭向我呼喚的少年，眉目之間，依稀仍留有當年的模樣。我一下子興奮起來，大聲地問他：

「你記不記得？有一天晚上，我們在月亮底下賽跑的事？」

他思索了一下，然後很抱歉地說：

「對不起，我完全想不起來了。我倒記得在結業典禮上我們中國同學唱茉莉花唱走了音，你又氣又笑的樣子。」

我記得的事情他不記得，他記得的事情我卻早都忘了，多無聊的會晤啊！他的太太很有耐心地聽著我們交談，也露出了感興趣的笑容，可是，有些話，我能說出來嗎？面對著眼前這一對衣著華麗、很有風度的夫婦，我能說出我那天晚上的那種感覺嗎？如果我說了，會引起一種什麼樣的誤會呢？

當然，我沒有說，我只是再和他們寒暄幾句就握別了，聽男的說他們可能要再出國，再見面又不知道會是那一年了。當時，在他們走後，我只覺得很可惜，如果能讓他知道，在如水般流過的年華裡，有一個人曾經那樣清晰地記得他年輕時某一剎那裡的音容笑貌，他會不會因此而覺得更快樂一點呢？

月亮升得很高，我已經快走到海邊了，木麻黃沒有了，換成一叢一叢的苧麻，在岩石間默默地虬結著。它們之中有好多開花了，又長又直的花梗有一種很奇特的造型，月亮在它們之上顯得特別的圓。

海風好大，把衣服吹得緊緊地貼在身上，我恐怕是該往回走了，到底，我已不再是年輕時的那個我了。

心裡覺得有點好笑，原來，不管怎麼計劃，怎麼堅持，美麗的夜晚仍然要就此結束，仍然要以回到房間裡，睡到床上去做為結束。這麼多年來，遇到過多少次清朗如今夜的月色，有過多少次想一直走下去的念頭，總是盼望著能有人和我有相同的感覺，在如水又如酒的月色裡，在長滿了萋萋芳草的山路上，陪著我一直不停地走下去，走下去，讓所有的事物永遠不變，永遠沒有結束的一刻。

而從來沒有一次能如願。總是會有人很理智又很溫柔地勸住了我，在走了一半的路上回過頭去。總是會有人告訴我，我該怎麼做才對。總是會有人笑我，說我所有的是怎樣癡傻的念頭啊！

而今夜，沒人在我身旁，我原可以一直走下去的。可是，我仍然也只能微笑地停了下來，在海灘與近在咫尺的海水之前停了下來。浪潮輕輕地打到沙岸上，發出嘆息一樣的嘶聲，而我對一切都無能為力，唯一能做的事，仍然只有轉過身來，往來路走回去。

不過，今夜的我，到底是比較成熟些了罷，我想，其實，我也不必為一些沒能說出的話，或者沒能做到的事覺得可惜。我想，在我自己的如水般流過的年華裡，也必然會有一些音容笑貌留在一些不相干的人的心裡了罷。日子絕不是白白地過去的，一定有一些記憶是值得珍惜，值得收藏的。只要能留下來，就是留下來了，不管是只有一次或者只有一剎那，也不管是在我知道的人或者不知道的人的心裡。

世事應該就是這樣了罷。

月亮在靜靜地端詳著我，看我微笑地一個人往來路走回去。

生命的滋味

1

電話裡，T告訴我，他為了一件忍無可忍的事，終於發脾氣罵了人了。

我問他，發了脾氣以後，會後悔嗎？

他說：

「我要學著不後悔。就好像在摔了一個茶杯之後又百般設法要再黏起來的那種後悔，我不要。」

我靜靜聆聽著朋友低沉的聲音，心裡忽然有種悵惘的感覺。

我們在少年時原來都有著單純與寬厚的靈魂啊！為什麼？為什麼一定要在成長的過程裡讓它逐漸變得複雜與銳利？在種種牽絆裡不斷傷害自己和別人？還要學著不去後悔，這一切，都是為了什麼呢？

那一整天，我耳邊總會響起瓷杯在堅硬的地面上破裂的聲音，那一片一片曾經怎樣光潤如玉的碎瓷在剎那間迸飛得滿地。

我也能學會不去後悔嗎？

2

生命裡充滿了大大小小的爭奪，包括快樂與自由在內，都免不了一番拚鬥。

年輕的時候，總是緊緊跟隨著周遭的人群，急著向前走，急著想知道一切，急著要得到我應該可以得到的東西。卻要到今天才能明白，我以為我爭奪到手的也就是我拱手讓出的，我以為我從此得到的其實就是我從此失去的。

但是，如果想改正和挽回這一切，卻需要有更多和更大的勇氣才行。

人到中年，逐漸有了一種不同的價值觀，原來認為很重要的事情竟然不再那麼重要了，而一直被自己有意忽略了的種種卻開始不斷前來呼喚我，就像那草葉間的風聲，那海洋起伏的呼吸，還有那夜裡一地的月光。

多希望能夠把腳步放慢，多希望能夠回答大自然裡所有美麗生命的呼喚！

可是，我總是沒有足夠的勇氣回答它們，從小的教育已經把我塑鑄成為一個溫順和無法離群的普通人，只能在安排好的長路上逐日前行。

假如有一天，我忽然變成了我所羨慕的隱者，那麼，在隱身山林之前，自我必定要經過一場異常慘烈的廝殺罷？

也許可以這樣說：那些不爭不奪，無欲無求的隱者，也許反而是有著更大的欲望，和生命作著更強硬爭奪的人才對。

是不是可以這樣解釋呢？

3

如果我真正愛一個人，則我愛所有的人，我愛全世界，我愛生命。如果我能夠對一個人說「我愛你」，則我必能夠說「在你之中我愛一切人，通過你，我愛全世界，在你生命中我也愛我自己。」

——E・佛洛姆

原來，愛一個人，並不僅僅只是強烈的感情而已，它還是「一項決心，一項判斷，一項允諾。」

那麼，在那天夜裡，走在鄉間濱海的小路上，我忽然間有了想大聲呼喚的那種欲望也是非常正常的了。

我剛剛從海邊走過來，心中仍然十分不捨把那樣細白潔淨的沙灘拋在身後。那天晚上，夜涼如水，寶藍色的夜空裡星月交輝，我赤足站在海邊，能夠感覺到浮面沙粒的溫熱乾爽和鬆散，也能夠同時感覺到再下一層沙粒的濕潤清涼和堅實，浪潮在靜夜裡聲音特別緩慢，特別輕柔。

想一想，要多少年的時光才能裝滿這一片波濤起伏的海洋？要多少年的時光才能把山石沖蝕成細柔的沙粒並且把它們均勻地鋪在我的腳下？要多少年的時光才能醞釀出這樣一個清涼美麗的夜晚？要多少多少年的時光啊？這個世界才能夠等候到我們的來臨？

若是在這樣的時刻裡還不肯還不敢說出久藏在心裡的祕密，若是在享有的時候還時時擔憂它的無常，若是在愛與被愛的時候還時時計算著什麼時候會不再愛與不再被愛；那麼，我那裡是在享用我的生命呢？我不過是不斷地在浪費它在摧折它而已罷。

那天晚上，我當然還是要離開，我當然還是要把海浪、沙岸，還有月光都拋在身後。可是，我心裡卻還是感激著的，所以才禁不住想向這整個世界呼喚起來：

「謝謝啊！謝謝這一切的一切啊！」

我想，在那寶藍色深邃的星空之上，在那億萬光年的距離之外，必定有一種溫柔和慈悲的力量聽到了我的感謝，並且微微俯首向我憐愛地微笑起來了罷。

在我大聲呼喚著的那一刻，是不是也同時下了決心、作了判斷、有了承諾了呢？

如果我能夠學會了去真正地愛我的生命，我必定也能學會了去真正地愛人和愛這個世界。

4

所以，請讓我學著為自己的行為負責，請讓我學著不去後悔，當然，也請讓我學著不要重複自己的錯誤。

請讓我終於明白，每一條走過來的路徑都有它不得不這樣跋涉的理由，請讓我終於相信，每一條要走上去的前途也有它不得不那樣選擇的方向。

請讓我生活在這一刻，讓我去好好地享用我的今天。

在這一切之外，請讓我領略生命的卑微與尊貴。讓我知道，整個人類的生命就有如一件一直在琢磨著的藝術創作，在我之前早已有了開始，在我之後也不會停頓不會結束，而我的來臨我的存在卻是這漫長的琢磨過程之中必不可少的一點，我的每一種努力都會留下印記。

請讓我，讓我能從容地品嘗這生命的滋味。

淡淡的花香

曾經有人問過我，為什麼那麼喜歡植物？為什麼總喜歡畫花？

其實，我喜歡的不僅是那一朵花，而是伴隨著那一朵花同時出現的所有的記憶，我喜歡的甚至也許不是眼前的大自然，而是大自然在我心裡所喚起的那一種心情。

今天，我從朋友那裡聽到了一句使我動心的話，他說：

「友誼和花香一樣，還是淡一點的比較好，越淡的香氣越使人依戀，也越能持久。」

真的啊！在這條人生的長路上，有過多少次，迎面襲來的，是那種淡淡的花香？有過多少朋友，曾含笑以花香貽我？使我心中永遠留著他們微笑的面容和他們的淡淡的愛憐。

恐怕要從那極早極早的時刻開始追溯罷。

小衛兵

幼年時的記憶總有些混亂，大概是因為太早入學的關係，記得是五歲以前，在南京。

只因為姊姊上學了，我在家裡沒有玩伴，就把我也送進了學校，想著是姊妹一起，可以有個照顧，卻沒料到分班的時候，我一個人被分到另外一班。

不到五歲的我，並不知道自己的無能是因為年齡的幼小，卻只以為是自己笨。所有同學都會的東西，我一樣也不會，他們都能唱的歌，我一句也跟不上，一個人坐在擁擠的教室裡，卻覺得非常寂寞。

總是盼望著放學，放學了，姊姊就會來接我，走過學校旁邊那個兵營的時候，假如是那個小衛兵在站崗，他就一定會送我一朵又香又白的花朵。

這麼多年了，我一直想不明白，為什麼在眾多的放學回家的孩子裡，他會單單認出了我，喜歡上我，在那整整一季開花的季節裡，為我摘下，並且為我留著那一朵又一朵香香的花，在我經過他崗亭的時候，他就會跑出來把那朵花放到我的小手上。

已經忘記他的面貌了，只記得是個很年輕的衛兵，年輕得有點像個孩子。穿著過大極不合身的軍服，有著一副羞怯的笑容，從崗亭裡跑出來的時候，總是急急忙忙的。

花很大很白又很香，一直不知道是那一種花，香味是介乎薑花和鷄蛋花之間的，這麼多年了，每次聞到那種相彷佛的香味時，就會想起他來。

想起了那一塊遙遠的土地，想起了那一顆寂寞的心。

想起了我飄蕩的童年，離開南京的時候，沒有向任何一個玩伴說過再見。

高吉

想起高吉，就想起那些水薑花。

在北師藝術科讀書的時候，高吉是我同屆普通科的同學。

我們是在三年級的時候才開始熟識起來的，每天在上晚自習之前，坐在二樓教室走廊的窗前，不知道怎麼有那麼多話可以說，一面說一面笑，非要等到老師來干涉了，才肯乖乖地回到各自的教室裡去做功課。

那個時候，有些同學已經在交男朋友或者女朋友了，然而，在我和高吉之間，卻是一種很清朗的友情。大概是一起編過校刊之類的，我們彼此之間有著一種共事的感覺，談話的內容也是極為海闊天空。

日子過得好快，畢業旅行、畢業考，然後就畢業了。整個七月，我都待在木柵鄉間的家裡，每天都喜歡一個人在山上亂跑。

有一天上午，高吉忽然和另外一位同學到我家來找我。在我家門前，兩個高大的男孩子竟然害羞起來，站在院牆外不敢進來，隔著一大塊草坪遠遠地向我招呼。

父親那天正好在家裡，坐在客廳落地窗內的他似乎很吃驚，不知該怎樣應付這件對他來說是很意外的事情。對他來說，我似乎還應該是那個傻傻的一直像個小男孩的「蓉兒」；怎麼冷不提防地就長大了，並且竟然是個有男孩子找上門來的少女了呢？

我想，父親在吃驚之餘，似乎有點惱怒了，所以，他衝口而出的反應是：

「不行，不許出去。」

可是，那一天，剛好德姊也在家，她馬上替我向父親求情了：

「讓蓉蓉去罷，都是她的同學嘛！」

我一直不知道是因為德姊的求情還是因為父親逐漸冷靜下來的結果，但是在當時，快樂的我是來不及去深究的，在父親點過了頭之後，我就連忙穿上鞋子跑出去和他們會合了。

那是我最後一次看見高吉。

那天我們三個人跑到指南宮的後山去，山上溪水邊長滿了水薑花，滿山都充塞著那種香氣。高吉說他要回金門去教書了，我說我也許可以保送上師大，那天天上有很多朵雲，在我們年輕的心胸裡，也有著許多縹緲的憧憬，我們相互祝福，並且約好要常常寫信。

但是，兩個人分別了之後，並沒有交換過任何的訊息，我終於知道了他的訊息是在二十多年之後，在報上看到金門的飛機失事，他在失事的名單裡，據說是要到台灣來開會，已經是小學校長了。

在報上初初看到他的名字時，並沒有會過意來，然後，在剎那之間，我整個人都僵住了。對我來說，一直還是那樣年輕美好的一個生命啊！這樣的結局如何能令人置信呢？

「高吉，高吉，」我在心裡不斷地輕輕呼喚著這個名字。在這個時候，那一年所有的水薑花彷彿都重新開放，在恍惚的芳香裡，我聽任熱淚奔流而下。

我是真正疼惜著我年輕時的一位好朋友啊！

野生的百合

那天，當我們四個人在那條山道上停下來的時候，原來只是想就近觀察那一群黑色的飛鳥的，卻沒想到，下了車以後，卻發現在這高高的清涼的山上，竟然四處盛開著野生的百合花！

山很高，很清涼，是黃昏時刻，濕潤的雲霧在我們身邊遊走，帶著一種淡淡的芬芳，這所有的一切竟然完全一樣！

所有的一切竟然完全一樣，而雖然那麼多年已經過去了，為什麼連我心裡的感覺竟然也完全一樣？

我迫不及待地想告訴同行的朋友，這眼前的一切和我十八歲那年的一個黃昏有著多少相似之處。一樣的灰綠色的暮靄、一樣的濕潤和清涼的雲霧、一樣的滿山盛開著的潔白花朵；誰說時光不能重回？誰說世間充滿著變幻的事物？誰說我不能與曾經錯過的美麗再重新相遇？

我幾乎有點語無倫次了，朋友們大概也感染到我的興奮。陳開始攀下山岩，在深草叢裡為我一朵一朵地採擷起來，宋也拿起相機一張又一張地拍攝著，我一面擔心山岩的陡峭，一面又暗暗希望陳能夠再多摘幾朵。

陳果然是深知我心的朋友，他給我採了滿滿的一大把，笑著遞給了我。

當我把百合抱在懷中的時候，真有一種無法形容的快樂和滿足。

一生能有幾次，在高高的清涼的山上，懷抱著一整束又香又白的百合花？

多少年前的事了！也不過就是那麼一次而已。也是四個人結伴同行，也是同樣的暮色，同樣的開滿了野百合的山巔，同樣的微笑著的朋友把一整束花朵向我遞了過來。

也不過就是那麼一次而已，卻從來也不曾忘記。

令人安慰的就是不曾忘記。原來那種感覺仍然一直深藏在心中，對大自然的驚羨與熱愛仍然永遠伴隨著我，這麼多年都已經過去了，經歷過多少滄桑世事，可喜的是那一顆心卻幸好還沒有改變。

更可喜的是，在二十年後還能再重新來印證這一種心情。因此，在那天，當我接過那一束芬芳的百合花的時候，真的覺得這幾乎是我一生中最奢侈的一刻了。

而這一切都要感激我的朋友們。

＊

所以，你說我愛的是花嗎？我愛的其實是伴隨著花香而來的珍惜與感激的心情。

就像我今天遇見的這位朋友，在他所說的短短一句話裡，包含著多少動人的哲思呢？

我說的「動人」，就如同有幾位真誠的朋友，總是在注意著你，關懷著你，在你快樂的時候欣賞你，在你悲傷的時候安慰你，甚至，在向你揭露種種人生真相的時候，還特意小心地選擇一些溫柔如「花香」那樣的句子，來避免現實世界裡的尖銳稜角會刺傷你；想一想，這樣寬闊又細密的心思如何能不令人動容？

我實在愛極了這個世界。一直想不透的是，為什麼這個世界對我總是特別仁慈？為什麼我的朋友都對我特別偏袒與縱容？在我往前走的路上，為什麼總是充塞著一種淡淡的花香？有時恍惚，有時清晰，卻總是那樣久久地不肯散去？

我有著這麼多這麼好的朋友們陪我一起走這一條路，你說，我怎麼能不希望這一段路途可以走得更長和更久一點呢？

也就是因為這樣，我竟然開始憂慮和害怕起來，在我的幸福與喜悅裡，總無法不摻進一些淡淡的悲傷，就像那隨著雲霧襲來的，若有若無的花香一樣。

然而，生命也許就是這樣了罷，無論是歡喜或是悲傷，總值得我們認認真真地來走上一趟。

我想，生命應該就是這樣了。

燈火

在夜霧裡，請你為我點起這所有的燈火。

1

他曾經在她五歲那年，來過她家。

他們兩家原是世交，然而那次會面的實際情形到底如何，經過了這幾十年，真是怎麼也記不起來了，只是兩人都因而有了一種朦朧的認定：在她五歲那年，他們就已經見過了。

在父執輩的筵席上，她偶爾會遇到那樣的場面：父親舉杯向一位朋友勸酒，那位伯伯堅決不肯喝，父親就會說：

「怎麼？五十年前就認得了的朋友，竟然連一杯酒的交情都沒有了嗎？」

說也奇怪，原來千推辭萬推辭說是有心臟病有胃病的伯伯忽然什麼話也說不出來，馬上舉杯一飲而盡，並且容光煥發的在眾人的鼓掌聲中轉過來笑著要父親再來乾一杯了。

那時候，她的心裡總會有一種溫熱的感動。五十年！五十年！而且是怎樣流離顛沛的五十年啊！在那樣漫長艱困的歲月之後還能與年輕時的朋友再相見，再來舉杯，這樣的一杯酒怎能不一飲而盡呢？

她慢慢能體會出這種心情了。在已經進入中年的此刻，能夠有個像他那樣的朋友坐在面前，聽她一五一十的把最近種種苦樂的遭遇都說了出來，實在是一種幸福。

而無論她說了些什麼，他都會默默聆聽，間或插進一兩句話，剩下的時間，他總是用一種寬容的眼神瞅著她，脣邊還帶著笑意，好像是在說：

「隨你怎麼鬧罷，反正，我是從你五歲的時候就已經知道你了。」

在那種時刻裡，她不禁要感謝那一直被她怨恨著的飛馳的時光了。就是因為時光飛馳，她才能在短短的幾十年裡，一次再次地印證著這種單純的幸福。她喜歡這種感覺，就好像無論在多麼陰沉的天空裡，總有人肯為她留下一小塊非常乾淨又非常透明的蔚藍。

那是只有五歲時的天空才能有的顏色罷，而五歲時所有其他的朋友們呢？

2

他是她的朋友裡最有學問的一個，因為他知道所有花樹草木的名字。

認得他不過才兩三年，卻很快就熟識得像相交了一輩子的老朋友那樣。那是因為只要看到一種不知名的花草，就會讓她想起他來，想他一定會知道這棵植物的名字。

而他從來都沒讓她失望過。只要她把植物的形狀顏色特徵說了出來，在電話那一端的他立刻就會有回答，不但會說出植物的名字，還會告訴她在那一本書裡去查對。那些書都是他送給她的，裡面收藏著這個島上所有芬芳珍奇的植物資料。

他也常帶她和朋友們一起上山下海去看這些植物。那天，下著好大的雨，他們到北部一座山上去看「紅心杜鵑」，那是一種只長在懸崖峭壁上瀕臨絕滅危機的高大花樹。雨下得好大，陰暗的山林中又濕又滑，向上攀爬時不知道要向那裡著力，跌進泥濘中時又不知道該怎樣才能再爬起，不過一會兒工夫，她的身上就因為出汗和雨水而變得又濕又滑了。

他卻一直談笑自若地在前面帶路，還隨時回過頭來指點她觀察那些長在岩石下和樹根旁的小小植物，時時還彎身去撥弄一下，看看它們開花了沒有。她心裡好羨慕，羨慕這個朋友能夠擁有一種極為美麗與豐盛的世界。

終於走出叢林，來到了這座山的邊緣，雨停了，陽光把對面山上所有的草木照耀得閃閃發光。在兩面峭壁之間，喜歡生長在岩石縫隙上的紅心杜鵑正是怒放的時候，高大而又盤曲的樹木在頂梢上開滿了粉白粉白的花朵，她不禁雀躍歡呼了起來，而他卻在旁邊輕聲地說：

「可是，你要知道，我們也就只剩這麼幾棵了。」

她回頭看他，忽然間開始明白他從來很少說出的那一面了。眼看著一種又一種珍貴的植物在我們這一代裡消失絕滅，在他心裡承擔著的，是怎樣的悲愁和寂寞呢？

對這個美麗與豐盛的世界知道得太多了以後，也必然會愛得太多和擔憂得太多的罷？那麼，他那淵博的學問在這種時刻裡似乎不再令她羨慕，卻反倒要讓她覺得無限同情起來了。

3

每次與他交談之後，她的心裡都會覺得比較平安，也比較能夠重新珍惜自己。

原來，在這個紛紜雜亂的世間，能夠保有一些不變的感覺和心情其實是不可能的。歲月在變，周遭在變，自己本身也是逐漸而緩慢地在改變，所謂永遠所謂永恆似乎是非常脆弱的假象了。

但是，他是那種能夠讓你重新認識自己，重新對一切有了信心的朋友。

那夜，在山路上與他道別之後，她和朋友們緩步走回去的時候，心裡就是這樣在感激著他的。那夜並沒有月亮，周遭卻有著一層淡淡的月光，整座山林安靜沉寂。有人在白天燒過雜草，入夜之後那種灼熱的焦味還留在空氣裡，風吹過來，似清涼卻又帶著一絲溫熱，朋友們開始輕聲地唱起歌來。她想，生命裡一些無法觸及的東西應該就藏在這樣美麗的夜晚裡了罷？

這麼多年來，對於自己的創作生活，她一直懷著一種矛盾的心情，好像是在夜霧裡摸索。作品沒有完成之前，不知道自己的要求是什麼，但是一旦完成了，她馬上能夠確定這裡有多少是她所喜歡的，有多少是她所不喜歡的。所以，她同時是一個能夠容忍一切而卻又會在突然間變得愛憎分明的人，日子就這樣不斷反覆地過去。

他卻可以用短短的幾個句子讓她能回過頭來省視自己，知道這世間其他的人也和她一樣，也是要在長路上跋涉，也是要在夜霧裡摸索，也是要在變動與不安裡逐漸尋找自我的面貌。路很長，霧很濃，但是，如果肯保有一顆謙卑與潔淨的心，一定會在前路上找到一個更為開闊的世界，在那裡，生命另有一種無法言傳的尊嚴與價值。

她願意相信他，也願意相信這個世界。

4

和她們在一起，總有一種隱隱的豪情，好像總想向生命爭奪出一些什麼來。

那天，她說：

「在這一生裡，好想去交一場朋友，好想去走一趟絲路。

交一場那種能為你生為你死的朋友，走一趟那條能令你歡呼令你落淚的絲路。

走一趟絲路，去塔克拉馬干大沙漠，去克里雅河，去樓蘭，去羅布泊，就這樣一路攜手走下去。假如身邊的朋友是男的，那麼，風沙襲來的時候，能有寬闊的肩膀為你阻擋，在枯萎的紅柳樹叢和野生的白楊樹之間，想像著千百年前曾經有過的充滿了柔情的春天，再怎樣艱難困苦的跋涉也會像神話一般美麗的罷？

假如身邊的朋友是女的，那麼，在三四個人一起走著的時候，就可以不斷地唱起歌來。

在湛藍的星空下，披著一式手織的黑毛線披風，對著有限的歲月無限的江山，我們必然會懷著同樣蒼涼而又同樣豪邁的胸襟的罷？」

聽了她的話，她們開始笑了起來，笑聲裡藏著一些輕微的嘆息。是啊！她們每個人的夢裡不是都一直有著那樣的一條絲路嗎？然而，那樣的夢，那樣的豪情什麼時候才會成真呢？

於是，只有在相聚的時候安排一些小小的意外或者一些突發的奇想，在有限的時間裡，只能偶爾與生命做一些小小的爭奪。也許是走上一條陌生的山徑，也許是去到一處無人的海邊，只能偶爾去走上一回，去看上一眼，偶爾在一個她們原來也可以享有卻永遠無法享有的世界裡稍作流連。

而在深夜的畫室裡，她開始把那條絲路畫在畫布上，在塗抹之間，想像著萬里之外那繁星下的沙漠，心裡像有烈火在燒灼。

5

也同樣是一個有著淡淡月光的晚上，他指著山坡下的萬家燈火向她說：

「你知道《小王子》的作者嗎？他是個飛行員，常常飛過沙漠的上空，他曾經描述過在夜裡飛過荒寂無人的沙漠之後，忽然看到遠遠一處城市的燈火時的那種感動。因為有燈火的地方必定有人類，有燈火的地方也必定有著關愛……」

她完全相信那種感動。她也完全相信，有燈火的地方也必定會有願意原諒她、願意引導她、願意接納她和願意與她共享一個夢境的朋友。

人生真的不過只是短短幾十年的光景而已，在這幾十年裡，還免不了要有誤解，要有爭戰，要有悲愁病苦和別離，但是，因為有了這些不同的朋友，生命又是怎樣一段令人愛戀和感動的歲月啊！在她走過來的這條長路上，在每一個轉折和每一處角落上，在她察覺得到和察覺不到的時刻裡，都有朋友在默默地為她點起一盞燈火。

能夠來到這世間，能夠與相識或者不相識，記得或者不記得的朋友們共度這幾十年的時光，是一種怎樣的幸福啊！

所以，她也願意舉起她手中的那一盞，在夜霧裡，回答著那遠遠的親切的呼喚。

池畔

我又來到這個荷池的前面了。

背著畫具，想畫盡這千株的荷，我一個人慢慢地在小路上行走著，觀察和搜尋著，想從最美麗的一朵來開始。

仍然是當年那樣的天氣，仍然是當年那種芳香，有些事情明明好像已經忘了，卻能在忽然之間，排山倒海地洶湧而來，在一種非常熟悉又非常溫柔的氣味裡重新顯現、復甦，然後緊緊地抓住我的心懷，竟然使我覺得疼痛起來。

原來，生命就是這個樣子的啊！原來，所有已經過去的時日其實並不會真正地過去和消失。原來，如果我曾經怎樣地活過，我就會怎樣地活下去，就好像一張油畫在完成之前，不管是畫錯了或者畫對了，每一筆都是必需和不可缺少的。我有過怎樣的日子，我就將會是怎樣的人。

那麼，現在的我，是一種什麼樣的人呢？面對著一如當年那樣的千株的荷，我在心裡輕輕地問你。

如果再相逢，你還會認得我嗎？

*

如果再相逢，你還會認得我嗎？

如果在我畫荷的時候，你正好走過我的身後，你會停下來，還是會走過去呢？

我想，你一定會停下來的，因為，你和我都知道，在這一生裡面，你是不可能在走過一個畫荷的女孩子的身後，而不稍做停留的了。

因為，你曾經怎樣地活過，你就會怎樣地活下去。

當你轉過一叢叢的熱帶林，當你在一個黃昏的時刻來到這荷池的旁邊，當你突然發現一個穿得很素淡的女孩正坐在池邊寫生，你是不可能不停步的了。

當然，在外表上，你不過只是安靜地站在那裡而已，在這個世界上，除了我以外，是不會有人知道你心裡起伏的波濤。

可是，一切是怎樣令人震驚的相像啊！這傍晚柔弱的陽光，這荷池裡淡淡的芳香，這寂靜的周圍，甚至這個女孩所畫的色調和筆觸都不很流暢的水彩；這一切是怎樣讓人心懷疼痛的相像啊！

女孩在專心畫畫，沒有回頭，你站在她身後，注視著畫面，可是，看見的卻是多少年以前的那一幅。

你靜靜地來，又靜靜地離去，女孩始終沒有回頭。當你走遠了以後，再轉身遙望過去，隔著千朵百朵安靜的荷，那個女孩正慢慢站起身來，開始收拾著畫具了。天色已暗，她穿著淺色衣裳的身影非常模糊而又非常熟悉，就像這充塞在整個空間裡的荷香。

你心中也充滿了感激，感激她的剛好出現，感激她的始終沒有回頭。就是因為她沒有回頭，才使你知道，如果再相逢，你一定遠遠地就會認出我來。

*

每次到荷池前面的時候，都嫌太晚了一點。

盛開的荷是容不得強烈陽光的，除非剛好開在一大片的荷葉底下，不然的話，近午的陽光一來，開得再好的荷也會慢慢合攏起來，不肯再打開了。等到第二天清晨，重新再展開的花瓣，無論怎樣努力，也不能再像第一次開放時那樣的飽滿，那樣充滿了生命的活力，那樣地肆無忌憚了。

然後，到第三天，就是該落下來的時候了。一片一片粉白柔潤的花瓣落在浮萍上，卻不會馬上沉下去，翠綠的浮萍是花瓣變黃變暗前最後的一處舞台，在這一處溫柔但是並不持久的舞台上，荷花展露了它最後一次嫵媚的憂傷。

也不是沒想早起過，也不是沒有試過，可是，每一次都只能在近午的時候趕到，然後，面對著不再肯打開的花瓣，心裡嗒然若失。只好慢慢地沿著荷池搜尋，希望能找到一兩朵有荷葉的遮蔭，還能快樂地開放，還能沒有改變還能不受影響的那樣的一朵。

有一次，在我背著沉重的畫具，一朵一朵地找過去的時候，一個滿頭白髮的老人對我微笑，他說：

「真正好看的荷花是在早上，你現在是找不到那樣的一朵了。」

是的，老先生，謝謝你，你說的我也知道，可是，我如果不把這條長路走完，不把這千朵百朵荷花都看遍，我是不會甘心的。

如果，如果我剛好沒看到那一朵，那一朵從清晨就開始在等待著我的荷，如果我剛好錯過。

如果，只是因為近午酷熱的陽光，只是因為我背上沉重的負擔，只是因為周圍的人群不以為然的注視，我就開始遲疑、停步，然後轉身離去，那麼，我心裡就永遠會留著一個遺憾了。我就會常常想到，也許，也許有一朵始終在等待著我的荷，就白白地盼望了一生，就終於在與我相隔咫尺的距離裡枯萎而死。到那個時候，我錯過的，將不只是一個清晨而已，我還錯過了一個長長的下午，錯過了一個溫柔而又無怨的靈魂整整的一生了。

所以，這樣的一條長路，我是一定要走完的，我寧願相信，有這樣的一朵。

而我也真的常會在奇蹟一般的時刻裡，與它相遇。在千層萬層的荷葉之間，在千朵百朵的荷花之中，它就在那裡，溫潤如玉、亭亭而立。

對於這樣的相遇，我們只有微笑地互相凝視，所有的話語都將是不必要和多餘的了。

＊

他們很喜歡用二分法來解釋這個世界。

他們說：如果你心裡有一種渴望，那必然是因為你對現實的不滿意，如果你想要渡河到對岸，那必然是因為河的這一邊不夠美麗，他們還說：如果兩人有緣，就必然不會分離。

他們把這個世界分成極端相反的兩類，所有糾結著的心事都必須要在他們很快就決定了的結論之下一分為二，不是「是」就是「不是」，不是「有」就是「沒有」。

所以，他們是不能相信我們的世界的了。他們不會相信，在這個荷花盛開的季節，每一個在池畔寫生的女孩都可能是我，也可能不是我，每一個站在我身後的觀眾都可能是你，也可能不是你。

那個回了頭的我也許永遠不再是我，而那個始終沒回頭的女孩反而可能永遠是我，永遠在黃昏的池畔，畫著一朵生澀的荷。

所以，如果有緣再來相逢，我們反而沒有他們所猜想的那種快樂，反而要悲傷地回過頭去，沉默地再次分離，這樣的命運，是他們絕對無法想像和無法相信的了。

只有這千朵百朵的荷花知道，我們曾經怎樣地活過，我們就會怎樣地活下去。

輯四

寒夜

悠長的等待

——一個女性藝術工作者的領悟

我今天才能明白。真的，要到今天，我才能知道，很多事情唯一的解決辦法是只有等時間來證明，很多很多事情只有在回頭看的時候才能夠得到澄清。所以，在事情發生的當時，要生氣或者要爭辯似乎都沒有什麼用處，我們唯一能做的事情應該就只是安靜地等待，等待時光和歲月把所有的證據拿出來。

可是，在二十年前，在我的大學畢業美展上，我卻不知道要怎樣來回答阿雄說的話。

阿雄和我們同屆，他雖然不是藝術系的，但卻因為和藝術系男生同一個寢室的緣故，和我們這一班男女同學走得很近，我們系上的活動他也常來參加。

那天，他來看我們的畢業美展，站在走廊接待簽名的桌前，用一種很奇怪的語氣對我們這些女生說：

「其實，你們這些女生根本就是來搗亂的。占了人家男生入學的名額、上課的名額，到今天，又來拚死拚活占了人家得獎的名額；實在沒道理！」

我們三四個女孩子坐在桌子的後面，原來是微笑著招呼他請他簽名，可是他根本不理會我們遞過去的筆，仍然大聲地對我們說：

「我問你們！你們知不知道？這些第一名第二名的資歷對將來要繼續幹這行的男生有多大用處？你們是來搗什麼亂？你們這些女生現在拚成這樣到底是要幹什麼？到最後一個個一出校門就嫁人生孩子去了，這些獎要捧回去當嫁粧嗎？有什麼用？」

我開始生氣了，把筆一摔，站起來回答他：

「為什麼沒有用？假如我們以後一直畫下去的話當然就有用！你們男生將來還不是會結婚會有家累也會有人改行？」

阿雄面對著我，竟然哈哈大笑起來，他用更大的聲音對著旁邊的同學說：

「好笑啊好笑！整個美術史上就沒出過幾個像樣的女畫家，她還不明白嗎？她還能這樣天真嗎？」

二十年前的我是很天真，所以才會在那天和阿雄吵得面紅耳赤。那個時候的我實在並不能明白，原來每一件事情都不是單獨或者偶然發生的，所有單一的現象後面都有那潛伏著的來龍去脈。

我所處的時代，其實是有史以來第一次女性可以完整地發揮她們能力的時代。不管是在東方或者在西方，從二次世界大戰以後，女性在受教育的機會上幾乎可以說已經和男性完全平等了。

因此，一個女性可以在正常的情況下得到和男性完全相同的求知機會，如果她能夠善自把握，那麼，她所表現出來的成績應該可以和她所放進去的努力成正比。

但是，整個的社會卻還沒有準備好。

這個千年來一直以男性為中心的社會卻還沒有準備好，所以才會有人認為是家庭電氣化的結果促成了職業婦女的出現，或者因為副刊興旺才會造成女作家的出頭，這些種種似是而非的荒謬說法在近十幾二十年中間不斷地被傳述著，說的人和聽的人都似乎暫時滿意了，可是，這實在並不是事實的真相。

事實的真相並不是這樣的。在我們的上一代以前，女人一生中最重要的事情就是去嫁人和去生孩子。好女孩的一切都是為了準備將來的婚姻，而結了婚以後，好妻子和好母親的傳統定義就是——放棄你自己心裡一切的好惡，從今以後，只能以你親人的好惡來決定你一生的方向。

所以，很多婦人就這樣交出了她的一生，並且以為這是唯一的道路。

而其實在這一條路上，我們還有很多的可能、很多的發展和很多的自由，我們的命運，是上一代以前的婦女所無法想像得到的命運。

在這條路上，現代女性所要做的，並不是去和男性爭奪什麼，而是去和男性並肩往前走去，一起去觀察、學習，並且努力去改善這個世界。

今天的我，雖然並不是一個特別出色，將來可以走進美術史裡的畫家。但是，只要女性能夠明白自己的命運，也能把握一切的學習機會，能夠知道，除了做女兒、做妻子、做母親之外，我們也可以在幾十年的人生歲月裡做我們自己另外還想要做的那個角色。那麼，我相信，二十年以後，或者再二十年以後，一定會有很多傑出的女性畫家可以走進美術史，我相信一定可以的。

當然，我現在說這些話的時候，也沒辦法拿出任何的證據來。但是，假如二十年前的阿雄今天遇見我，我就可以微笑地向他說：

「你看，阿雄，二十年了，我還一直在畫畫，所以我並不是存心要和你們男生搗亂的。我雖然有家累，可是也並沒有改行。所以你該承認，女生也有權利把畫畫當作一生的事業的。」

因此，證據的提出需要一種悠長的等待，也需要整個社會的配合，當然，更需要女性本身的自省自覺。

讓我再說一句罷，我們並不是要去爭奪，也不是要去刻意表現，我們只是想在自己這一段生命裡做一次我們自己。我們可以用很多的時間來盡量做好一個女性應該做好的那些角色，就像男性也要做好丈夫與父親的角色一樣。但是，我們也有權利給自己另外走出一條路來，在這條路上，我們只是一個獨立的生命。

我們應該有權利在某些時刻裡，成為一個真正獨立的生命。

我們應該是可以有這種權利的。

困境

胡馬，胡馬，遠放燕支山下。跑沙跑雪獨嘶，東望西望路迷，迷路，迷路，邊草無窮日暮。

——唐・韋應物

剛剛離家一個人去歐洲讀書的時候，寫了好多家書，厚厚的，每一封都總有十幾頁。那時候，父親從台灣也給我寫了許多，信裡常有令我覺得很溫暖的句子。

有一封信裡，父親這樣說：

「在家時的你，就愛一個人到處亂跑，一會兒上山一會兒下海的，我總覺得你是我五個孩子裡最不聽話的一個，就像一匹小野馬。現在，小野馬跑到那麼遠的地方去了，我還真有點不放心，有時候會輕輕叫你的名字。小野馬，離我們老遠老遠的小野馬啊！你也開始想家了嗎？」

在異國冰寒的夜晚裡讀著父親的信，熱淚怎樣也止不住地滾落了下來。心裡恨不得能馬上回到父親的身邊，可是，即使是當時那樣年少的我也能明白，有些路是非要一個人往前走不可的啊！

在這人世間，有些路是非要單獨一個人去面對，單獨一個人去跋涉的。路再長再遠，夜再黑再暗，也得獨自默默地走下去。

支撐著自己的，也許就是游牧民族與生俱來的那一份渴望了罷。渴望能找到一個世界，不管是在畫裡、書裡，還是在世人的心裡，渴望能找到一塊水草豐美的地方，一個原來應該還存在著的幽深華茂的世界。

這麼多年過去了，我仍然在這條長路上慢慢地摸索著。偶爾在電光石火的瞬間，好像那美麗的世界就近在眼前，而多數的時間裡，所有的理想卻都永遠遙不可及。

在這條長路上，在尋找的過程中，付出的和得到的常常無法預料。一切的現象似乎都彼此對立卻又都無法單獨存在，欣喜與歉疚，滿足與憾恨總是同時出現，同時逼進，並且，誰也不肯退讓。而在這些分叉點上，我逐漸變得猶疑與軟弱起來，彷彿已經開始忘記我要尋找的到底是一些什麼了。

難道，這就是年少時的我所不能了解的人生嗎？

那個無憂無慮、理直氣壯的小野馬到那裡去了呢？

對於眼前的處境，對於自己的改變，心裡總有一種說不出來的混亂與不安，在這一條迢遙的長路上，我難道真的就只能做一個迷途的過客而已嗎？

而這並不是我當初要走上這條路來時的原意啊！

我能不能有足夠的智慧來越過眼前的困境？能不能重新得回那片寬廣寧靜的天空？能不能重新擁有那跑沙跑雪獨嘶的心情？還有，我那極為珍惜的，在創作上獨來獨往的生命？

在靜夜的燈下，我輕聲問著自己，能還是不能呢？

寒夜

初寒的夜晚，在鄉間曲折的道路上，我加速疾馳。

車窗外芒草萋萋一路綿延，車窗內熱淚開始無聲地滴落，我只有加速疾馳。

車與人彷彿已成了一體，夾道的樹影迎面撲來，我屏息地操縱著方向和速度。左轉、右轉、上坡、下坡、然後再一個急彎；剎車使輪胎在地面上發出刺耳的磨擦聲，路邊的灌木叢從車身旁擦刮而過，夜很黑很暗；這些我都不懼怕，我都還可以應付，可是我卻無法操縱我的人生。

我甚至無法操縱我今夜的心情。

熱切的渴望與冰冷的意志在做著永無休止的爭執，這短短的一生裡，為什麼總是要重複地做著傷害別人和傷害自己的決定呢？

難道真有一個我無法理解和無法抗拒的世界？真有一段我無法形容和無法澄清的章節？真有一座樊籠可以將我牢牢困住？真有一種塊壘是怎樣也無法消除？

而那些親愛的名字呢？

那些溫柔的顧盼和熱烈的呼喚，是已經過去了還是從來也不曾來過？那些長長的夏季，是真的曾經屬於我還是只是一種虛幻的記憶？生命裡一切的掙扎與努力，到底是我該做的還是不該做的呢？

在這短短的一生裡，所有的牽絆與愛戀並不像傳說中的故事那樣脈絡分明，也沒有可以編成劇本的起伏與高低。整個人生，只是一種平淡卻命定的矛盾，在軟弱的笑容後面藏著的，其實是一顆含淚而又堅決的心啊！

而那些親愛的名字呢？

那些生命裡恍惚的時光，那些極美卻極易碎的景象真的只能放在書頁裡嗎？在我眼前逐日逐夜過去，令我束手無策的，就是這似甜美卻又悲涼、似圓滿卻又落寞的人生嗎？

而在生命的沙灘上，曾經有過多少次令人窒息暈眩的浪啊！在激情的夜裡曾經怎樣舒展轉側的靈魂與軀體，終於也只能被時光逐日逐夜沖洗成一具枯乾蒼白的骸骨而已（在骸骨的世界裡有沒有風呢？有沒有在清晨的微光裡還模糊記得的夢）。

生命真正要送給我們的禮物，到底是一種開始，還是一種結束？

在初寒的夜裡，車燈前只有搖曳的芒草，沒人能給我任何滿意的回答。在鄉間曲折的長路上，我唯一能做的事，只有加速向前疾馳。

夜很黑很暗，在疾馳的車中，沒人能察覺出我的不安。

兩種時刻

我必須要承認，生活與生命在起初確實是不容易分辨的。

那時候，每天，我都在認真地過著我的日子，迎接著每秒每分變換著的時光。可是，我對任何事件都沒有足夠的智慧來分辨，我永遠不能很清楚地知道，什麼是對我重要的，那一件才是我想要永久保存的。因此，生活裡永遠充滿了混亂、懊惱、悔恨和無所適從的感覺。

日子怎麼會過成這樣？

原來該是清明和朗爽的生命，卻因為生活中所有瑣碎的無知而改變了面貌。

今天，我又回到新北投山坡上的那個舊家去了。

屋子的新主人並沒有住在那裡，所以，所有我們曾經珍惜過的事物如今都只好任它棄置任它荒蕪了。

大門是虛掩著的，站在門外的我可以看見我那雜草叢生的昨日。杜鵑、山茶、紫薇和桂花都被蔓草遮蓋住了，只有門邊那一棵七里香依然無恙，長得又高又大，並且依然對我開著細小潔白的花朵。暮色逐漸加深，郁香依舊襲來，我親愛的朋友啊！你們之中，有誰能夠真正解我悲懷？

在這個院子裡，有我親手種下的樹，有我沿著小路邊仔細栽下的花，石砌的矮牆內曾經有過如茵的綠草。多少個夏日的清晨，我喜歡赤足站在上面，嫩而多汁的小草特別沁涼、特別細密，襯出我潔淨的足踝和我那潔淨的青春。大屯山總是在雲裡和霧裡，繞著牆外流過的，就是那一條小河，讓我在每天早上剛醒的時候都會以為是雨聲的小河。

這麼多年過去了，小河的水流仍然是一樣的聲音，而那個曾經那樣喧譁快樂的家究竟到什麼地方去了呢？那個短髮圓臉愛笑愛鬧的女孩怎麼會改變得完全認不出來了呢？那些個曾經那樣溫暖和芬芳的夜晚，有多少次，剛升起的月亮就在整排靜默的尤加利樹後面，月明如水，而為什麼？在那些時刻裡，我卻總是一句真心的話都不肯透露，一點消息都不肯傳遞呢？

生活與生命的分別也許就在這裡了罷。

在生活裡，一切都好像是正常和必需的，所以我們一切的反應也都是從容和有規有矩的。但是，在面對著只屬於生命的那些獨特時刻裡，卻總會有一種壓力迎面而來，讓我們覺得猶疑、戰慄和身不由己。

十九歲那年，站在山坡上，遠遠望去，彷彿所有的峯巒、所有的江流都充滿了一種令人振奮的希望。而二十年後再來登臨，再來遠遠地望過去，山巒與江流外面的世界就是我們曾經摸索追尋、跌倒再爬起來、哭過也笑過的那一個世界。在灰紫色的暮靄裡，所有的過去井然有序地在我眼前排列開來，我發現，我竟然能夠很輕易地就分辨了出來，那些時刻是屬於生活，而那些時刻是只屬於我的生命的了。

因此，就真的好像我寫的那兩句詩了：

所有的時刻都很倉惶而又模糊
除非你能停下來　遠遠地回顧
……

因此，對那個在逝去的歲月裡認真生活過的我，總禁不住會產生一種憐愛的感覺。真奇怪的安排啊！為什麼在回頭看的時候能夠看得那樣清楚，而在事情發生的當時卻總是惶惶然不知所措？也許，有的人會說，這是隨著年齡的成長而逐漸改變的一種力量。那麼，這種逐漸讓我們改變的力量到底是怎麼來的？為什麼一定要我們用一生的時間來搜尋才能發現呢？

我年輕的學生寫信給我，她問我：「老師，在您的一生裡，好像一直是安穩地走過，您可曾經歷過挫折嗎？」我不知道該怎樣回答她。如果她的挫折指的是戰亂、流離、窮困、被歧視、被冤屈、失敗和失望這些歷程的話，那麼我是都經歷過的。在我的生活裡確實遭遇過不少的風浪與挫折，也曾焦頭爛額地應付過，可是在應付過去了以後我就把它們都忘

記了。今天要我再來追溯就是一些非常模糊的片段，而在這些片段裡我能記得的也只是一些令我覺得安慰的朋友的言詞，他們的安慰就好像那些閃爍在黯淡天空上的星辰，使我的生命因此而變得比較堅強和充實，所有的挫折都只是生活上一些必須經歷然後再忘記的時刻了。

在我成長的過程裡，上蒼不斷地眷顧著我，祂不斷地給我增添了無數美麗的記憶。就好像結婚的時候，兩個窮學生怎樣籌措、怎樣張羅的細節都已經記不起來了，卻一直記得他給我的那把小蒼蘭的柔白與芬芳。還有他告訴我的花店女店員怎樣追出來微笑地為他在禮服上插上胸花，而我不斷地想像，當他捧著那把小蒼蘭喜孜孜地走過布魯塞爾春天的市街前的時候，他周圍的行人曾經用怎樣憐愛與欣羨的眼光目送過他。

又好像那一次幾乎要置我於死地的難產，在待產室裡怎樣孤獨又焦慮地接受那好像永無止盡的折磨。那些掙扎，那些哀號，在今天回想起來時都非常模糊了。卻永遠記得在聽到孩子第一聲啼哭時我盈眶的熱淚，還有那個不知道名字的護士在我身旁一迭聲的安慰：「好勇敢的媽媽！好勇敢的媽媽！」

又好像那一年，當他的母親突然逝去的時候，我是怎樣努力將他從深沉的悲傷裡帶引出來的種種也已經忘記了。卻永遠記得在過了好多天木然的日子以後，有一天早上，他終於將我環抱起來，用極輕極柔的擁抱，讓我明白，此後我將是他唯一深愛並且可以依靠的人了。這樣一種無言的許諾，在世間將沒有任何珍寶可以替代，而我每回想起，每回心中就充滿了莊嚴與溫柔的感激，我願永生永世能在他的身邊，做他的妻。

所以，我親愛的朋友啊！我相信我們彼此都已經開始明白了。我不必在這裡把那些我已經不再在意和已經快要忘記的挫折和憂傷再一一列舉出來，我所想的和我所寫的都是我願意留下來的記憶，生活與生命真正的分野也許就在這裡了罷：前者只是一種我們經歷過的無法逃避的、在有一天終於都會過去的分分秒秒，而後者卻是我們執著的，不斷想要珍惜地記起來的那些人和事的總和。

因此，今天的我，站在荒蕪了的舊日庭院前的我，一面感受到傍晚山風襲來的肅殺，一面卻又深深地呼吸著七里香濃郁的芳香，生活與生命是怎樣一種奇妙而又矛盾的組合。

我知道，日子會逐漸地過去，歲月想必也會逐漸地在我心中織成一張溫柔的網，我想必也會在將要來臨的日子裡，把這些生活上不可避免的悲愁逐漸忘記，把這一層灰紫色的暮靄和叢生的雜草都從記憶裡剔除，然後，在回頭看的時候，我將只會記起這一棵七里香來。對於今天這一個時刻所有的記憶，將只有這一棵七里香了。那樣高大、那樣誠懇、卻又那樣細緻地在我最需要它的時候，為我開出了一樹細小、潔白和芬芳的花朵來。

親愛的朋友，有些花樹生長在山林間，有些花樹將會永遠長在我的心中，長在生活與生命交錯而過的時刻裡，我將永遠不會，永遠不會忘記。

中年的心情

今夜，在我的燈下，我終於感覺到一種中年的心情了。

這是一種既複雜卻又單純，既悲傷卻又歡喜，既無奈卻又無怨的心情。

這是一種我一直不曾完全知道的心情。

*

在那個時候，在十幾年前，當船停靠到旅程的最後一站，當我在法國的馬賽港上岸的時候，世界曾經以怎樣光輝燦爛的面貌來迎接我啊！我，一個藝術系的小小畢業生，一個年輕的東方女子，是懷著怎樣一顆熱烈如朝聖者的心，在博物館和美術館的長廊裡，一張畫一張畫地看過去，每一個角落都不肯放過。而在學校裡，每逢考試，每逢競爭，就用一種超乎平常百倍千倍的力氣去拚鬥，不得到第一誓不罷休。寒冷的深夜，在布魯塞爾市中心租來的簡陋畫室裡，埋頭作畫的我似乎竟然有著一種烈士的心情了。

在那個時候，我的周遭充滿了種種美麗的事物，每一種都有一種不同的光采，我每一種都愛，都想要，並且，都一定要得到。

而十幾年過去了，就在這個夏天，我去了一趟紐約和芝加哥，在紐約的大都會博物館裡，我卻有了一種不同的心情。牆上掛著的畫幅依舊讓我喜愛，但是，我已經學會用另一種方法來觀看了。我知道這個博物館裡有著驚人的豐富珍藏，然而，我每一次去，卻都只看一個小小的區域。我可以用好幾個鐘頭的時間來欣賞莫內的一幅灰紫色的睡蓮，在我喜愛的畫幅之前，我變得非常安靜和從容。我不再像十幾年前那樣的急切，那樣匆忙地在博物館裡上上下下奔跑，渴望著能把每一樣東西都看遍，渴望著能夠不漏過每一個細節，每一個角落，我不再是那樣的一個人了。

十幾年的生活，使我有了不同，我已經知道，世間的美是無限的，而終我一生，我所能得到的卻只是有限中的有限，就只有那麼一點點而已。

因此，既然是這樣，為什麼不能好好地來享受我眼前所能見到的這一點有限的美呢？

當然，我知道，就在另外一幢樓裡，或者，就在另外一間展覽室裡，甚至，就在隔牆，就在一扇門之外，有我還沒有見到的珍奇與美麗，也許在我一舉足，一跨步，一開門之間就可以見到。

可是，我也深深地明白，就在我惶急地一轉身的時候，那張原來已經在我眼前，原來已經安靜地呈現在我眼前的那一幅畫，原來已經在牆上等待了我那麼多年，原來已經等到了我的來臨，原來，原來已經就要馬上進入我的心裡，馬上成為我日後的安慰與幸福的那份美麗，就會在我一轉身的那一剎那，被我永遠地拋在身後了。

因此，我就站住了。也許是在這一張灰紫色小幅的睡蓮之前，也許是在另一個博物館裡，在那個神奇的月夜，無邪的獅子輕嗅著沉睡中的吉普賽人的畫幅之前，我靜靜地站住了。在我能得到的有限之中，我甘心做一個無限專注熱情的觀眾。

中年看畫，竟然看出了一種安靜與自足的心情來。

*

然而，「看畫」，到底仍然是一種可有可無的收穫，而在人生的這一條長路上，走到中途的我，錯過了的，又豈僅是一些珍奇與一些美麗而已呢？

在人生的長路上，總會遇到分歧的一點，無論我選擇了那一個方向，總是會有一個方向與我相背，使我後悔。

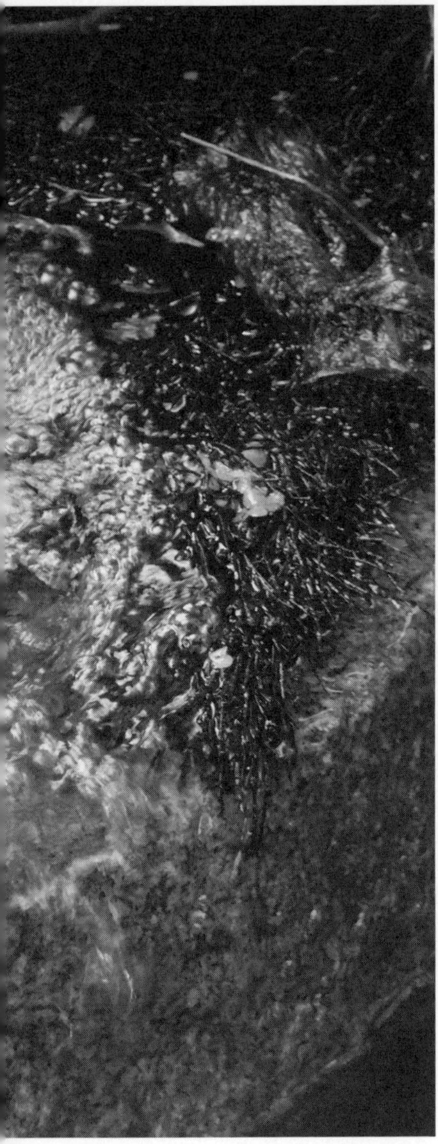

此刻，在我置身的這條路上，和風麗日，滿眼蒼翠，而我相信，我當初若是選擇了另外一個方向，也必然會有同樣的陽光，同樣的鳥語花香。只是，就因為在那一個分歧點上，我只能選擇一條被安排好的路，所以，越走越遠以後，每次回顧，就都會有一種莫名的悵惘。在我心裡，那條我沒能走上的小徑就每次都在那裡，在模糊的顏色裡，向我展露著一種模糊的憂傷。

然而，中年的心情，是由不得我來隨意後悔的啊！

於是，我不斷地充實自己，鍛鍊自己，告訴自己：要了解世間美麗與珍奇的無限，要安靜，要知足，要從容，要不後悔我所有的抉擇，所有的分離和割捨。

因此，對現在的時刻就越發地珍惜起來。我想，所有被我匆忙地拋在後面的日子，對於它們，我是再也無能為力了。可是，對那些即將要來臨的，對眼前的這一個時刻，我還來得及把握，還可以用我的全心與全力來等待、企盼與經營。

我想，無論如何，在往後的日子裡，對所有被我珍惜的那些事物，我都要以一種從容與認真的態度去對待。

我原來以為，只要認真地琢磨，我可以把中年的時光琢磨成一塊晶瑩剔透的玉，只要我肯努力，生活就可以變得極為光潔、純淨、沒有絲毫的瑕疵。

可是，我卻不知道，生命裡到處都鋪展著如謎般的軌道，就算是到了中年，有些事情仍然是我無法探索也無法明白更無法控制的了。

因此，我愕然發現，人類的努力原來也是有限的。理想依舊存在，只是在每一個晝夜的反覆裡，會發生很多細小瑣碎的錯誤，將我與我的理想慢慢隔開。回頭望過去，生命裡所有的記憶都只能變成一幅褪色的畫，而只有我自己才知道，在我心裡，曾經是那樣鮮明的顏色啊！

面對著這樣的一種結果，我在悲傷之中又隱隱有著歡喜，喜歡臣服於自己的命運，喜歡時光與浪潮對生命的沖洗。

*

而正如他們所說的：那就是我所有的詩裡的心情了。

自從把詩印成鉛字以後，就不斷有認識的或者不認識的讀者來問我，很直接或者很技巧地問我，他們很想知道，在我詩裡的這種心情，是真的還是假的？

而我要怎樣才能回答他們呢？

莫內的那一幅灰紫色的睡蓮，或者他畫的所有的睡蓮：清晨的、正午的、傍晚的、那些巨幅的連作，或者是那些小張的速寫，到底是真的還是假的呢？

在他作畫的時候，那池中的睡蓮開得正好，與它們嬌艷的容顏相比，莫內畫上的睡蓮應該只是一種沒有生命的顏色而已。可是，畫家在他的畫裡加上了一些他願意留下來的，他希望留下來的美麗，藉著大自然裡無窮的光影變化，他畫出一朵又一朵盛開的生命。

這個夏天，當我站在他的畫前的時候，七十多年前那個夏天裡那一池的睡蓮早已枯萎死去了。和他畫中的睡蓮相比，到底誰才是實？誰才是虛？那一朵是真的？那一朵才是假的呢？

又有誰能夠回答我呢？

*

而中年的心情，也許就是一種不再急切地去索求解答的心情了罷？

也許就是在被誤會時，不再辯解，在被刺傷時，不再躲閃的那一種心情了。

無怨也無尤，只保有一個單純的希望。

希望終於能夠在有一天，畫出一張永不褪色的畫來。

寫給幸福

翠鳥

夏日午後，一隻小翠鳥飛進了我的庭園，停在玫瑰花樹上。

我正在園裡拔除雜草，因為有棵夜合花擋在前面，所以小翠鳥沒看見我，就放心大膽地啄食起那些玫瑰枝上剛剛長出的葉芽來了。

我被那一身碧綠光潔的羽毛震懾住了，屏息躲在樹後，心裡面輕輕地向小鳥說：

「小翠鳥啊！請你盡量吃罷，只求你能多停留一會兒，只求你不要太快飛走。」

原來在片刻之前還是我最珍惜的那幾棵玫瑰花樹，現在已經變得毫不重要了。只因為，嫩芽以後還能再生長，而這隻小翠鳥也許一生中只會飛來我的庭園一次。

面對著這一種絕對的美麗，我實在無力抗拒，我願意獻出我的一切來換得牠片刻的停留。

對你，我也一直是如此。

喜鵲

在素描教室上課的時候，我看見兩隻黑色的大鳥從窗前飛掠而過。

我問學生那是什麼？他們回答我說：

「那不就是我們學校裡的喜鵲嗎？」

素描教室在美術館的三樓，周圍有好幾棵高大的尤加利和木麻黃，茂密的枝葉裡藏著很多鳥雀，那幾隻喜鵲也住在上面。

有好幾年了，牠們一直把我們的校園當成了自己的家。除了在高高的樹梢上鳴叫飛旋之外，下雨天的時候，常會看見牠們成雙成對地在鋪著綠草的田徑場上慢步走著。好大的黑鳥，翅膀上鑲著白色的邊，走在地上腳步蹣跚，遠遠看去，竟然有點像是鴨子。

有一陣子，學校想重新規畫校園，那些種了三十年的木麻黃與尤加利都在砍除之列，校工在每一棵要砍掉的樹幹上都用粉筆畫了記號。站在校園裡，我像進入了阿里巴巴的童話之中，發現每一棵美麗的樹上都被畫上了印記，心裡惶急無比，頭一個問題就是：

「把這些樹都砍掉了的話，要讓喜鵲以後住在那裡？」

幸好，計畫並沒有付諸實現，大家最後都同意，要把這些大樹盡量保留起來。因此，在建造美術館的時候，所有沿牆的大樹都被小心翼翼地留了下來，三層的大樓蓋好之後，我們才能和所有的雀鳥們一起分享那些樹梢上的陽光和雨露。

上課的時候，窗外的喜鵲不斷展翅飛旋，窗內的師生彼此交換著會心的微笑。原來雀鳥的要求並不高，只要我們肯留下幾棵樹，只要我們不去給牠們以無謂的驚擾。美麗的雀鳥就會安心地停留下來，停留在我們的身邊。

而你呢？你也是這樣的嗎？

透明的心

陪母親去醫院做復健治療，是我沒課的日子裡一定會去做的工作。

儘管外面陽光普照，醫院裡仍然有股隱隱的寒意，生病的朋友遇見了也會打個招呼，他們的臉色總是比平時的要陰暗多了。

一個實習的小護士走過無人的長廊，兩邊的落地玻璃窗把陽光帶了進來，鋪在光滑的磨石子地上，劃出一個個的方格。穿著淺藍色衣裙的小護士忽然微笑了，踮起腳尖開始在這些方格裡玩起跳房子的遊戲，一路向走廊這頭跳了過來。

我就站在走廊的這一端，心中能完全感覺到她的歡喜。是啊！小女孩，快擺脫掉那些病房裡的疾病與痛苦罷，在這個有陽光的長廊上，年輕的你有著一切感受快樂與幸福的權利。

我安靜地站在滿頭白髮的母親身後，隨著她緩慢的腳步往前走去，長廊外，新長出來的葉子在陽光裡竟然是完全透明的。

在你的凝視之下，我多希望我也能有一顆完全透明的心。

獨木

喜歡坐火車，喜歡一站一站的慢慢南下或者北上，喜歡在旅途中間的我。

只因為，在旅途的中間，我就可以不屬於起點或者終點，不屬於任何地方和任何人，在這個單獨的時刻裡，我只需要屬於我自己就夠了。

所有該盡的義務，該背負的責任，所有該去爭奪或是退讓的事物，所有人世間的牽牽絆絆都被隔在鐵軌的兩端，而我，在車廂裡的我是無所欲求的。在那個時刻裡，我唯一要做也唯一可做的事，只是安靜地坐在窗邊，觀看著窗外景物的變換而已。

窗外景物不斷在變換，山巒與河谷綿延而過，我看見在那些成林的樹叢裡，每一棵樹都長得又細又長，為了爭取陽光，它們用盡一切委婉的方法來生長。走過一大片稻田，在田野的中間，我也看見了一棵孤獨的樹，因為孤獨，所以能恣意地伸展著枝葉，長得像一把又大又粗又圓的傘。

在現實生活裡，我知道，我應該學習遷就與忍讓，就像那些密林中的樹木一樣。可是，在心靈的原野上，請讓我，讓我能長成為一棵廣受日照的大樹。

我也知道，在這之前，我必須先要學習獨立，在心靈最深處，學習著不向任何人尋求依附。

白帆

可是，我如何能做到呢？如何能不尋求依附？在我的心裡，不是一直有著你嗎？

你是一艘小小的張著白帆的船，停泊在我心中一個永不改變的港灣。

我對你永遠有著一份期待和盼望。

在年輕的時候，在那些充滿了陽光的長長的下午，我無所事事，也無所怕懼，只因為我知道，在我的生命裡，有一種永遠的等待。挫折會來，也會過去，熱淚會流下，也會收起，沒有什麼可以讓我氣餒的，因為，我有著長長的一生，而你，你一定會來。

今天，陽光仍在，我已走到中途。在曲折顛沛的道路上，我一直沒有歇息，只敢偶爾停頓一下，想你，尋你，等你。

霧從我身後輕輕湧來，日光淡去，想你也許會來，也許不會，開始害怕了。

也開始對一切美麗的事物憐愛珍惜。不管是對一隻小小的翠鳥，或是對那結伴飛旋的喜鵲；不管是對著一顆年輕喜樂的心，或是對著一棵亭亭如華蓋的樹；我總會認真地在那裡面尋你，想你也許會在，怕你也許已經來過了，而我沒有察覺。

日子在盼望與等待中過去，總覺得你好像已經來過了又好像始終還沒有來，你到底在什麼地方呢？你到底是一種什麼模樣呢？

總有一天，我也會像所有的人一樣老去的罷？總有一天，我此刻還柔細光潔的髮絲也會全部轉成銀白，總有一天，我會面對著一種無法轉圜的絕境與盡頭；而在那個時候，能讓我含著淚微笑地想起的，大概也就只有你只是你了罷？

還有那一艘我從來不曾真正靠近過的，那小小的張著白帆的船。

輯五　窗外

胡凡小姐的故事

小時候看童話書，最愛看的是這樣的結尾：

「——於是，王子就和公主結婚了，以後他們就住在美麗的城堡裡，過著非常快樂的日子。」

把書合起來以後，小小的心靈覺得安慰又滿足，歷盡了千辛萬苦的情侶終於可以相聚在一起，人世間沒有比這個再美再好的事了。

等到長大了一點，對愛情的憧憬又不一樣了：愛應該是不指望報償的奉獻，是長久的等待，是火車站旁費雯麗帶著淚的送別，是春花樹下李察波頓越來越模糊的揮手的特寫。淒怨感人的故事賺了我滿眶熱淚，而在離開電影院或者合起書來以後，卻有一種痛快的感覺，畢竟，悲劇中的美才是永恆而持久的。

可是，胡凡小姐的愛情故事又改變了我的看法。

*

我在布魯塞爾讀書時住過好幾個女生宿舍，其中有一間宿舍的名字叫做「少女之家」。

顧名思義，這裡面住的應該都是年輕的女孩子，事實上，宿舍裡最小的有十六歲，最大的廿四歲，只有一個住了十年的法蘭西絲是例外，但是，大概因為是單身職業女性的緣故，平日收拾得很漂亮，人也樂觀和氣，臉色紅潤，所以看起來仍然很年輕。因此，「少女之家」算得上是名符其實的。

只有一個同伴與我們完全不一樣。

在我剛搬進去不久，我就發現她了。其實，假如置身在外面的人群裡的話，她一點也不古怪，不過是個白頭髮的瘦老太太罷了，然而，在我們這些女孩子中間，她的面貌與舉止就非常令人不舒服了。

我們宿舍裡也有白頭髮的人物，比方說：負責人安絲玉小姐、廚娘瑪麗女士，都已是上了年紀的人了。但是，她們的舉止恰如她們的身分和年齡，不管是如前者般的和藹可親或者是如後者般的喋喋不休，都不會引起我們怪異的感覺。

而胡凡小姐實在是個很奇怪的同伴。她並不住在宿舍，只是每天來吃三餐飯。她每天七點正一定已經來到飯廳了，穿著灰綠色的大學生式樣的長大衣，終年圍著一條灰色的圍巾，進門的第一件事，便是伸出長而瘦的雙手去摸窗邊的暖氣，一個一個窗戶地摸過來，假如暖氣開得夠大，她就喜笑顏開，否則的話，她就會一直搓著手，然後到每一桌的前面來抱怨，為什麼暖氣不能再開暖一點？

「你不覺得冷嗎？」

「你不覺得這房間冷得像冰窖嗎？」

問你的時候，她那灰色的眼睛就直瞪著你，你如果不馬上回答她，她就會一直瞪著你看。她那灰白的頭髮剪得很短很直，因而大多數的時間都是亂蓬蓬地梳在耳後，用一條花色很雜很舊的紗巾包起來，越發顯得臉的瘦削與鼻子的高峻，極薄而沒有血色的嘴唇，如果不說話的時候總是緊緊地向下抿著，一副悲苦無告的樣子。

要聽到你同意的回答以後（最好同意她，否則沒得完的），她才會離開你。一面很滿足地點頭，一面開始解開圍巾，脫下大衣，扯一下灰色毛衣的下襟，然後仔細地挑選一個她認為最溫暖的角落坐下來。

她這一天便差不多都會固定在這個角落上了，一直要到吃完晚飯以後，才又穿上大衣，包上圍巾，走回家去。

我們平日上班上學的時候，她也一個人待在冷清清的餐廳裡，面前一杯咖啡。偶爾，門房馬格達有空的時候會過來和她聊上幾句，否則，多半的時間，她都是一個人獨坐在那裡，面朝著門口，等著我們回來。

*

她叫得出我們每一個人的名字，對我們每一個人的喜怒哀樂都很關心，也都想參與。我們唱情歌時，她也用她沙啞的聲音拔高了來跟著我們一起唱，我們傻笑時，她也跟著傻笑，我們買了新衣服時，她比誰都熱心地先來批評一番，我們有誰的男朋友來了信或者來了電話時，她也總會頭一個大呼小叫地來加入我們。

而青春是一種很冷酷的界限，自覺青春的少女更有著一種很殘忍的排他心理。奇怪的是：為什麼到今日我才知道我當年的殘忍，為什麼在那個時候，我們只覺得她是個古怪而掃興的人。覺得她嗓子太尖，覺得她頭髮太白，覺得她的話語太無趣，於是，不管我們玩得有多高興，一發現她的加入時，大家都會無奈地停下來，然後冷漠地離開她。

有一天，我們正在談著男朋友和未婚夫之類的話題時，她也在一邊尖著耳朵細聽，從剛果來的安妮忽然對她蹦出一句話來：

「胡凡小姐，你有沒有未婚夫？」

「有過啊。」她很快地回答。

「別唬人！拿相片來看才信你。」安妮惡作劇似地笑起來，就是啊！這眼前蓬髮失神的老婦人，怎麼也不能和「男朋友」三個字聯在一起。

頭一次，胡凡小姐不跟著我們傻笑了，她裝作好像沒聽見似地低頭喝咖啡。馬格達在門邊狠狠地瞪了安妮一眼，我們覺得很沒趣，就都站了起來、散了。

*

學校放暑假，大衛打電話來約我參加他的同學們辦的郊遊，我興高采烈地去了。我們在比利時東部的山區裡消磨了一天，夏日的森林太迷人，有著各式各樣的風采。

當我正想走上一條很狹窄的山徑，單獨一人去尋幽探勝的時候，彼得——大衛的一個比國朋友叫住了我。

那位比國朋友，就是山區裡的居民，他告訴我山中多歧路，很容易迷途，尤其是冬天，因為積雪很久都不化，更不易找路：

「這一片山區，出了好多次事了。有時候找到迷路人的屍體時，常會發現他就在大路的旁邊不遠。但是，在四處都是相似的枯枝與相似的白雪時，就算回家的路近在眼前，他也無法分辨，就這樣在離生還的希望幾公尺前倒下來了。」

他說這話的時候，正是風和日麗的夏日正午，太陽光從翠綠層疊的高枝上灑下來，森林中有著一層綠玉般的光影，照在每一條曲折的小徑上。地上開滿了野花，小鳥的鳴聲帶著宜人的尾音，美麗的森林安詳寧靜地包圍著我們。

我實在不能想像這樣美麗的森林還會有另外一副恐怖的面貌、猙獰的威脅，我不能想像，我也不願想像。

於是，在一連串的驚嘆以後，仍然可以回過頭來再過我們自己的日子。雖然在聽過那些故事以後，好像偶爾會有死者的陰影從幽深的小徑的盡頭掠過，但那到底與今日的我沒有多大的關連，只要擺一下頭，大笑幾聲，或者跟著同伴跑上幾步，就可以擺脫了。

回到宿舍時，已經很晚了。洗了澡換了睡衣，正想回房睡覺，走過法蘭西絲的門前時，看見還有燈光和人聲，敲敲門伸個頭進去，門裡三、四個女孩子正圍坐在地板上閒聊，怪愜意地。

「怎麼還不睡？」

「進來坐，阿蓉。」

「嘿！阿蓉，今天玩得高興嗎？你們到哪裡去了？」

法蘭西絲一面問我，一面拍拍她身邊的空地。於是，把門關好，我也擠了進去。法蘭西絲是我們這裡資格最久的房客，在她房裡吵鬧的話，安絲玉小姐很少來干涉的。

我先向她們報告了今天的行蹤，她們之中，也有人去過的，馬上就熱熱鬧鬧地談起來了。

「嗨，說個祕密給你們聽好嗎？」法蘭西絲忽然想起了什麼來：「是關於胡凡小姐的。」

「好啊！」我們大家都要聽，安妮又想到胡凡小姐的古怪模樣，於是她站起來，伸出手在牆壁上亂摸，一面摸，一面問我們：

「你們覺得夠暖嗎？」

「你們不覺得這房子冷嗎？」

大家都嘻笑了起來，安妮又黑又胖又圓的樣子完全不像胡凡小姐，只有那沙啞的語調倒學得滿像的。

*

法蘭西絲也笑了，招手把安妮叫了回來。然後用暫時的靜默和逐漸轉變的神色來向我們暗示，她要講的故事不是個輕鬆的故事：

「你們別看胡凡小姐現在這個模樣，她年輕的時候可是個出了名的美人哩！

「在我剛搬進宿舍的時候，她就已經是這個樣子了。不過，聽安絲玉小姐說，她年輕時的確是很美，很有氣質的，那件事情發生以後，她的相片還上過報紙。

當然，假如不是因為那件事，單只為她長得美，記者是不會特意去報導的，實在是因為那件事情太慘了。

大概在四十多年前，胡凡小姐十九歲的時候，和同村的一個男孩子訂了婚。那個男孩子剛從大學畢業，在鎮上找到了事情。他們兩家住得不遠，從小就相熟，可以算是青梅竹馬。他們的家就在阿蓉今天去過的那個山區裡，兩家的中間，隔著一片森林，林子不大，假如天氣好，路又熟的話，從這裡走到那家不過三、四十分鐘的樣子。」

「唉喲！要會一次情人還要走上半個多鐘頭，我才不幹呢！」又是安妮打岔，法蘭西絲不理會她。

「在山區的人來說，卅分鐘的山路算不上什麼，這一對情人大概在森林裡過過很多好日子。

他們訂婚的那一天，照了很多相片。在幾天後的傍晚都沖洗出來了。男孩子從鎮上下了班以後，就把這些相片都帶回來了，他想馬上就把相片拿去給胡凡小姐看。可是，那幾天山區正在下雪，天又快黑了，男孩的母親用那地方的鄉下人慣有的顧忌勸阻她的孩子，她認為這不是個可以外出的晚上，尤其是到森林裡去，有什麼事第二天早上去不是一樣嗎？可是，你們大概是知道的，沒有什麼可以阻擋這年輕人去會愛人的心的。男孩子雖然知道山區裡曾經發生過很多事情。但是，他自恃身強體壯，又自信對這森林熟如指掌，於是，只加上了一些禦寒的衣物，他就興沖沖地帶著相片去獻給愛人去了。

他進了那個林子以後，母親就開始擔心了。當時兩家之間也沒有電話，整晚都無法聯絡，母親也整夜無法合眼，天剛亮的時候，就四處央人去幫她找她的孩子。

孩子找到了，就在一片枯林的中間，一條他們平日很少走的路，為什麼會在黑暗的寒夜裡引導他走向生命的盡頭？懷中的相片上微笑的情侶再也無法相見了，相片卻被那些記者拿去登在報上，大大地作了一番報導，賺了很多讀者的眼淚。

胡凡小姐就出了名了。後來，她一個人離開了家，到布魯塞爾來做事。她沒讀過什麼書，只能在工廠裡作工，或者在商店裡作店員。就是在那個時候認識了安絲玉小姐，就搬到我們這個宿舍來住了。可是，她常常換事情，每件事都做不太久，幾年後就離開宿舍，聽說是去法國投靠她姊姊，二十年來沒有一點音訊。

有一天，她又回到宿舍來了，她變得很蒼老，也沒有職業，靠社會福利金過活。礙於規定，宿舍無法收留她，安絲玉小姐替她在附近找了個房子，每天三餐要她回來吃，才解決了她的問題。就這樣又過了十幾年。」

法蘭西絲說完了她的故事，我們都呆了，房間裡很安靜，伊素特，一個平日待人很好的比國女孩子輕聲地開口說話：

「我去過她家。有一次，她病了，好幾天沒來吃飯，我打聽了地址去看她，她的房裡光禿禿地，除了一張床以外，什麼都沒有。她好像很生氣，不喜歡我去看她的樣子，一句話也不和我說，我只好趕快走掉。

後來，安絲玉小姐去看她，大概給她請了醫生。過了幾天，她又回宿舍吃飯了，好像忘了跟我發過脾氣的事，又對我有說有笑了。」

胡凡小姐的愛情故事，不正是我最愛看的那一種嗎？有著永恆的美感的悲劇！假如搬上了銀幕，最後的鏡頭應該是一片白茫茫的森林，女主角孤單落寞的背影越走越遠，美麗的長髮隨風飄起，悲愴的音樂緊扣住觀眾的心弦，劇終的字幕從下方慢慢升起，女主角一直往前走，沒有再回過頭來。影像慢慢地淡了，當燈光亮起時，觀眾還帶著一副意猶未盡的陶醉的神色。

可是，我看到的劇終，放在四十年後，卻完全不一樣了。這樣的劇終，雖然是真實的，卻很難令人欣賞：一個古怪的白髮老婦人，走在喧囂狹窄的市街上，在她光禿禿的屋裡，只有一張床。

自此以後，在胡凡小姐的面前，我再也不唱那首我一直很愛唱的法文歌了：

愛的歡樂，
只出現了一會兒。
愛的痛苦與悲哀啊，
卻持續了整整的一生。

一九七七年八月三十日

瑪麗安的二十歲

我頭一次來找這間女生宿舍的時候，幾乎錯過了它。

宿舍在一條很陡峭、很狹窄的斜坡的鬧街上，兩旁都是百貨公司，白花花的大玻璃櫥窗，囂張的霓虹燈，忙碌的店員，忙碌的行人。這裡是布魯塞爾的中下等商業區，因此商店裡擺的也是中下層人買得起的貨色，在門口堆成一大堆的櫃台上，有時候是賤價的毛衣，有時候是當令的水果，有時候是打折的睡衣褲，有時候是你想都想不到的奇怪東西。

而這幢灰黯、老舊的女生宿舍就擠在這些陳列著便宜貨的百貨公司中間，越發讓人看不見它。其實，住久了以後，我就發現這棟建築雖然老舊，但是卻很寬敞，當年一定也曾氣派過。一排三層的雕花窗戶，每層靠街都有五、六間房間，然後左後方又伸出去七、八間房間，整棟建築是個大寫的L字形。而在這個字形的空缺處便是一個長方形的花園，不太大，但是與市聲隔絕，很幽靜，草坪上又種了好多玫瑰，在夏天時是足夠宿舍裡的女孩子日光浴用的了。

我就是在那裡遇到瑪麗安的。

我對她的第一個印象並不太好，因為她穿了一條太短的短褲，大襯衫上又印了很多看起來很悶的紅黃色的花樣。蓬髮是乾草色的，又長又亂，在腦後用橡皮筋隨便紮了個馬尾。身材高大得有點笨重，而最令我不喜歡的就是那張長而多汗毛的臉上傲慢的表情。

那天太陽很暖和，是布魯塞爾難得的一個好夏天，我在這宿舍已住了半年了，已經有了一個小圈子的朋友，所以，當瑪麗安懶懶地走向我時，我並不想向她打招呼，我並不需要她這樣一個朋友。

於是，我只是安靜地靠在草地上，好像有意又似無意似地把眼睛瞇起來，玫瑰花在我身旁散發著被陽光烘焙出來的熟香，我索性閉起眼睛向後躺下去。我今天需要獨自享受我的青春，我並不需要朋友，我希望她不要過來打擾我。

她果然沒來打擾我，我安靜地躺了許久，除了角落上安妮那一夥的談笑聲以外，沒有任何新的聲音。

我有點好奇，忍不住張開眼睛，坐起來，便看見她的微笑了。和她剛才傲慢的神色比起來，她有一個非常羞怯而又動人的笑靨。她正一個人孤單單地坐在離我不遠的椅子上，交叉著雙臂注視著我，對我試探地微笑，好像很寂寞的樣子。

我心裡有點不忍了，於是，我也向她笑起來，究竟，我和她有很多相似之處：我們都有一副傲慢的面孔，一個羞怯的微笑，和一顆寂寞的心罷。

大概就是因為這樣，我和瑪麗安開始做起朋友來。剛好我倆的房間都在同一層樓上，早晚見面的機會也多，從一起下樓去飯廳吃飯開始，慢慢地一起出去散步，一起出去買東西，到一起在房間裡做竟夜的長談。

這個宿舍裡出出進進總住有二、三十個女孩，大多數是比國人，外國籍的只有三、四個，通常都是遠道來求學的學生，好像我一樣，而比國的女孩們則差不多都是已經在上班做事的了。經驗告訴我，這些女孩如果不是家離學校太遠，通常都是在家裡得不到快樂才會到宿舍來住的，所以，我雖然和瑪麗安已經很熟悉了，但是我始終不敢問及她的家庭，我只聽她說過一次，她的父母已離婚了。

她現在正在讀祕書學校，大概還有幾個月就可以畢業，她希望能在畢業之後，馬上就可以找到一份工作。

「我恨不得馬上就能做事，可是我爸爸說不必急，他可以供我到二十歲。」

「那麼，你現在幾歲了呢？」

「十九歲半了，其實，假如不是跑到加拿大去白混了半年，也許我現在已經畢業了。」

才十九歲半，但是她看來遠超過這個年齡。我知道白種女孩發育得都很早，所以在我這個東方人的眼中看來，她們都過於成熟。但是，瑪麗安的樣子有點不同，她好像是在情緒上的成熟，才十九歲半，就一個人寂寞地獨來獨往了，放假日也很少看她回家，帶著一副毫不在乎的傲慢面孔躑躅在布魯塞爾的街頭，怪不得她會有那麼寂寞的一顆心。

她實在是很寂寞的，每天一早去祕書學校，中午趕回來吃中飯，下午又去補兩三個鐘頭的語文課。下課後就待在宿舍鉤毛衣，一直等到我下課回來，於是一起吃上一頓嘰嘰喳喳的晚餐，吃完飯後不是拖我出去散步，就是賴到我房間聊上一晚，除此之外，她好像沒有什麼其他的活動，也沒有什麼其他的朋友。

我很喜歡和她聊天，她除了個性爽直以外，還有不少旅遊的經驗，小小年紀，去過加拿大，去過非洲，有很多新奇的話題。

可是，我有時候也會感到不耐煩。我學校裡有一大堆的作業，我的家信好久沒寫了；而且，有時候大衛從魯汶給我打電話來以後，我常常想一個人孤獨地過上一晚，在燭光裡回味他剛才話語裡的關切與摯愛。

所以，當有一天晚上她又來敲我的門時，我正準備給爸媽寫上一封長信，不想和她出去，她一再的懇求我，我總提不起興致來。

「可是，我今天實在很需要你，陪我一下罷，陪我走一走罷。」她仍然賴在門口，我實在有點不耐煩了。

「拜託你，讓我安靜一下好不好！」

於是，我又看到那個寂寞的微笑了，有點勉強，有點無奈，她聳聳肩轉身走了。注視著她高大落寞的背影，我有點歉疚，但是心裡也有點憤恨：她破壞了我今晚的快樂與安寧。

此後，有好幾天，我都沒看到瑪麗安。餐廳、走廊、後園都沒她的影子。我有點不安了，抓住珍納問她，有沒有在學校看到瑪麗安，因為她也上祕書學校。

「她這幾天請假，沒上課。」

「為什麼？」

「她媽媽從法國來看她了，她們母女住旅館去了。」

那麼，那天她應該已知道媽媽要來的消息了，她應該高興才對啊，怎麼有那樣煩躁的反應？好像有什麼負擔在身上的那種樣子呢？

五天後的一個傍晚，瑪麗安把她的母親帶回宿舍來了，好美麗端莊的一位母親啊！同樣是金髮，卻是優雅而帶有光澤地梳起來，穿的衣服也很考究，一看就知道是從價錢不是我們想像得出的那種店鋪裡買出來的。她年齡可能有四十了，但是平日大概很重保養，看起來才不過三十一、二的模樣。

她很溫柔地對她女兒的這些朋友一一打了招呼，然後就和瑪麗安對坐著吃了一頓晚餐。我們這些女孩都很識趣地沒有過去打擾，我在另外一張桌子上，有時抬起頭來看瑪麗安，看她那文雅而又客氣的母親。瑪麗安在和母親交談時的動作似乎有點和平常不大一樣，似乎有點做作，她好像在假裝自己很愛嬌，很快樂，假裝自己是和對面的母親一樣優雅，可是她的動作和她蓬亂的頭髮、高大的身材、傲慢的面容配起來，又顯得很不調和。那天晚上，我幾次端詳著我的朋友，心裡竟不自覺地為她感到悲傷。

把母親送走以後，瑪麗安晚上又來敲我的門了，這一次，我以全心的誠意為她打開了門。我願意陪伴她，我也願意安慰她。

她一定從我的眼睛和面容上看出我的心意了，頭一低，她竟然就站在我的門口流起淚來，我馬上把她拉進房裡，把門關上，讓她坐到沙發上去。然後假裝忙碌地去小櫃子裡給她找東西吃，剛好有台灣寄來的牛肉乾，她一向很愛吃的。

「喏，吃罷，我爸媽寄來的。」

話出口，我就知道我說錯了。就在停頓下來的那一剎那，瑪麗安反而把頭仰了起來，向我微笑地搖搖頭，表示她並不在意。淚水還在她的頰上，燈光下她的輪廓顯得溫柔多了，湛藍的眼睛看起來好美好美。我的朋友在我面前顯示了她的真正年齡，她的痛苦的十九歲半。

「沒關係，我反正已經習慣這種日子了。」

父母在十幾二十歲的時候結的婚，然後又在十幾二十歲的時候離了婚。戰後的歐洲有好多這種年輕而又衝動的怨偶，甜蜜的青春愛情不過是禁不起考驗的一場噩夢，於是，在醒過來之後便很快地分開了。這本來是男女雙方都很情願的事，只是有一個人對這分離不能心甘情願，那就是在這一次婚姻中生下的這個孩子：瑪麗安。

瑪麗安的父母離婚以後，都飄蕩了幾年之後再各自嫁娶，瑪麗安一直跟著爸爸和繼母還有兩個小弟弟住在比國的鄉下。母親到法國後嫁了一個很有錢的丈夫，又生了兩個女兒。

「有時候，我告訴自己，我還不錯，我比那些無依無靠的孤兒強多了。父母健在，每到我的生日都會有禮物寄來，我還有兩個很愛我的頑皮的弟弟，很漂亮的兩個從沒見過面的妹妹，每年都會在聖誕和新年時給我寄卡片來，我應該比什麼都沒有的孤兒強多了。可是，你知道嗎？他們可能還會有甜蜜的夢，夢裡有雖然失去了但曾經愛過他也彼此相愛的雙親，夢裡有美麗的回憶。而我呢？我的夢裡沒有一個我可以回去的家。

「我老是夢到我站在兩個很漂亮的家的前面，可是門是緊緊地關著的。我站在寒風裡看他們在屋裡又笑又唱，我想敲門，卻怎麼也舉不起手來。想叫，卻怎麼也發不出聲音來。

他們的世界那樣溫暖快樂，而我卻進不去。

「你知道我多羨慕你嗎？你雖然遠離父母，在陌生的地方讀書，可是你的父母好像就緊跟在你的身旁。他們的相片，他們的信，他們的禮物都不斷地在告訴你他們的愛和他們的等待。可是我呢？我母親的出現不過是在提醒我她已不再能做我的母親了。雖然她常給我寫信，給我禮物，偶爾兩三年來看我一次，和我共度幾天假期，可是除此之外，什麼都沒有了。我是不能去看她的，我知道她的先生並不會歡迎我，她的女兒也不會歡迎我，而且，我更知道，事實上，我的母親也並不歡迎我。」

瑪麗安已不再流淚了，她只是平淡地向我敘述著，好像在說著別人的事情一樣。

「不過，你爸爸一家人還待你不錯嘛。」我試著說些話安慰她。

「是的，我知道父親是很愛我的，繼母也不是個壞女人。但是爸爸在她面前總很小心地不提曾經送給我的什麼東西，給我生活費時也總挑她不在眼前時拿給我。有時候有剛認識的朋友到我們家來，很奇怪我為什麼會和弟弟差上十歲時，父親在繼母身旁解釋時的勉強面容，我總不想去看。」

這就是她為什麼才十幾歲就離開家到處亂闖的原因罷，這就是她為什麼在人群裡總會仰著傲慢冷漠的面孔的原因罷。夜已很深了，熄了燈，我已沒有什麼話可以安慰我的朋友了。我只有點起蠟燭來，和她一起倚在窗前，共度一個無眠的夜。

三個多月後，瑪麗安從祕書學校畢業了。

畢業那天，我和大衛請她和珍納去中國飯店吃了一頓飯，她高興極了，一直嚷著說等她哪天找到事後也要回請我們一頓。

不過，她的事情大概找得不太順利，拖了好久，天天跑出跑進也得不到什麼結果。我們這些宿舍裡的女孩子，每天在晚餐時都要有人為她打氣。

有一天早上，她在走廊上碰到我，要我通知大衛，星期六晚上她要請我們吃飯。

「唉呀！那你是找到事了，太棒了！」我叫了起來。

「不是，不是，事情還沒找到。剛才爸爸來信，要我請你們回家吃飯，還有珍納也一起去。」

她很高興地和我說完就走了，大概又趕著去參加什麼面試罷。我看她這樣高興，也跟著感染了她的快樂，於是一面唱著歌一面跑到樓下門房去打電話給大衛。

星期六，我們依約去了她家，四個人一起到車站去坐火車，到了孟斯城後又換乘了公共汽車，坐了差不多十分鐘才來到一個小鎮。她父親是鎮上的藥劑師，在大街上開了一間藥房，一家人另外住在鎮邊的一棟小小的白色樓房裡。我們到時，一家四口都已經在門前的花架下等著我們了。兩個八九歲的男孩像一陣風似地向我們快步跑過來，一面搖手，一面大聲地叫：

「瑪麗安，瑪麗安。」

兩個小男孩都長得很像父親，有著長長的臉孔，和一雙很傳神的棕色眼睛。頑皮地擠眉弄眼向我們打招呼，然後一邊一個牽著瑪麗安的手走回家去。

他的父親長得很高大，比較起來，繼母就矮小多了，棕髮白胖的臉上帶著一副深色細邊的近視眼鏡，很平凡的一個家庭主婦的樣子。我向他們走過去時，心中暗地裡拿她和瑪麗安美麗的金髮母親比較，不知道瑪麗安的父親是不是故意選擇了一個面貌平庸的女人？是因為美麗的面孔帶給他痛苦的回憶嗎？他有時候會不會後悔？

一進門，她的小弟弟馬上就跑到客廳的中間，站在一塊淺藍色的地毯前面，然後轉身面對我們：

「不可以踩地毯，剛掃乾淨的。」

我們都笑了，她的繼母尤其笑得厲害，她的父親也摟著瑪麗安大聲地笑著，不是很甜美的一家嗎？

他們並不是收入很多的家庭，家裡的擺設很普通，卻到處都有一種溫馨柔美的氣氛，看得出女主人的匠心。一道一道上來的菜更是色、香、味俱佳，我們吃得高興極了！

瑪麗安的繼母很得意，很興奮，我們這幾個客人也是有心人，誠心地想討好她，桌上的氣氛因而非常融洽。

飯後又是甜點，又是冰淇淋，又是酒，又是醒酒的咖啡，終於，該告辭了。

瑪麗安的父母熱烈地和我們握手，歡迎我們再來，兩個小弟弟早已忘記了看守地毯的責任，和我們玩得依依不捨。我們正要和瑪麗安握手告別時，她卻說要和我們一起走。

「可是，明天是星期天啊！妳可以住到星期一才回去罷？」我自作聰明地替她安排，實在是，這樣溫暖的一個家，令我也不想離開。

「不，我明天還有事，一起走罷！」

明天會有什麼事？我親愛的朋友，大衛環抱著我的手忽然緊了一下，我警覺地停住了。怎麼回事？氣氛好像在一剎那之間僵住了，然後又恢復過來，就好像七彩繽紛的影片在中途忽然停了一兩秒鐘電一樣，景色呆滯了一會兒，然後大家又都重新開始動作，重新開始演出。

瑪麗安的爸爸說要送我們到車站去，弟弟們也嚷著要去，被父母溫柔地勸住了：

「乖，該上床了，外面好冷，不能出去。」

可是，他們為什麼不也以同樣溫柔的語氣來勸阻瑪麗安呢？外面的風真的很大，好冷的天，我們不約而同地把領子豎起來，彎著腰低著頭向車站走去。

五個人來到車站，巴士還沒來，冷冷的石板路上反映著冷冷的月光。瑪麗安的父親一直用手臂環繞著她，父女倆坐在候車的長凳上聽著風聲，看著月色，靜靜地不說一句話。

車子終於來了，她的父親和我們一一握手作別，最後，他面向著瑪麗安，在她兩頰深深地吻了兩下，然後我聽見他低聲地向瑪麗安說：

「生日快樂，我的寶貝。」

可不是嗎！今天是瑪麗安的生日，廿歲的生日。怪不得有這樣一次邀宴，怪不得有這樣一次聚會，我怎麼早沒想到？瑪麗安為什麼不告訴我？他們剛才為什麼沒有宣布呢？

車子發動了，瑪麗安匆匆跳上車來，笑著轉身和她父親揮手道別，車窗外她父親高大的影子很快地消失了。我抓緊扶手，正想走過去向她說一聲生日快樂，可是，車子搖晃得很厲害，路燈照進來，我看見我朋友正在無聲地哭泣，淚珠紛紛地墜落下來，我就噤聲退後了。

瑪麗安的廿歲生日就這樣過去了。隔了不久，她找到了工作，到沙勒爾瓦城一家旅行社去做女祕書，於是就搬出了宿舍，離開了我們。我們之間還時常通訊，聽她說她工作得很起勁，也開始交了不少朋友，慢慢地信不多了，但是新年，聖誕總會寄來一兩封。

而每年，在她生日的那天，我都會寄一張卡片給她，向她道賀，向她說出我在那天晚上沒能說出的話：

「瑪麗安，祝你生日快樂。」

一九七七年二月

海倫的婚禮

海倫是我們這間女生宿舍負責人安絲玉小姐的遠親，父母都已亡故，和妹妹住在一起，那個夏天，她病了，從醫院出來後就搬到老姑母辦的宿舍來養病。

我還沒見到她以前就為了她的緣故嘔了一肚子氣。

在學校上了一天課，吃完晚飯後安妮來找我打乒乓，安妮是剛果來的學生，很愛動愛鬧，和她一起玩實在很有趣。大概那天晚上我們在乒乓球室叫得聲音太大了一點，門房馬格達就緊張兮兮地探頭進來喝止我們：

「別吵，別吵，海倫小姐需要安靜。」

「可是安妮小姐需要運動啊。」安妮一面接球，一面回了她一句，球沒接到，她又尖聲地叫起來。

「叫你們別吵你們不聽，等一下安絲玉小姐來罵你們就好了。」馬格達一臉傲慢的怒氣，亂蓬蓬的金髮在燈光下不住地晃著，我突然有了一股沒來由的煩躁：

「什麼意思？我們是付錢來住宿舍的，不是付錢來聽你們教訓的。」

我把拍子一丟，對著她叫了起來，馬格達很詫異地看了我一眼然後訕訕地轉身走了。我也不知道為什麼會發那麼大的火，我一向是安靜而有禮的，大概那天晚上，安妮是黑人，我是黃人，而馬格達剛好是白人罷。是我自己敏感？還是整個情勢真的是有一點由種族偏見的遠因所造成的呢？

過了幾天，我在後園見到海倫了。

在凋落的玫瑰樹下，她蒼白的臉就著深秋蕭索的陽光，斜靠在一張老舊的躺椅上，蓋著厚厚的毛毯，閉著眼在做日光浴。

我走過她身邊時，手上的書不小心掉在草地上了，大概驚動了她，她睜開眼睛注視著我，我連忙向她道歉：

「對不起，我吵了你了。」

「沒有關係。」她微微地向我搖頭，並且露出了笑容。

雖然帶著病後的憔悴，她仍然可以算是個美麗的女孩子。燙得有點老氣的金髮柔順地梳在耳後，方形的臉龐，清秀的眉目，淡淡的微笑，很溫柔地襯著有花邊的圓領子。

「你是海倫罷？」我輕聲地問她。

「是的。」

「我叫阿蓉。」

「我知道，你是安絲玉姑母最喜歡的中國娃娃。」

假如宿舍裡任何人對我說了這句話，我都會覺得討厭和不自在，可是從這樣一個溫柔的女孩子嘴裡說出來，卻自然可親極了。

「你覺得好一點了嗎？」

「好多了，謝謝你。」

其實我也不知道她生的是什麼病，可是，我由衷地問候她，我不敢和她多說話，她看起來是那樣的疲倦無力，那樣的脆弱。所以，我和她笑了一笑後，就走到另一個角落去啃我的書了。

以後，我就常常注意起她來。回到宿舍後，就想去問問她的情況，門房馬格達是我們忠實報告員，總會向我們報告：

「海倫小姐今天好多了。」

「海倫小姐可以慢慢散步了。」

隨著時間的逝去，海倫逐漸地好轉起來，偶爾，她會到飯廳來和我們一起吃晚飯。她的妹妹露西，是個褐髮粗壯的姑娘，大概正在什麼職業學校讀書，也常會在晚餐時跑來找她的姊姊和老姑母。

海倫很愛她的妹妹，常常在講話時對她瞇著眼睛微笑，或者從桌對面伸過手來撫摸她妹妹的手，而露西在那時就會紅著臉、聳聳肩來回答她姊姊的愛撫。兩姊妹的年齡大概差了五、六歲，可是姊姊好像長妹妹很多的樣子，說話與微笑時的神情竟像個小母親般的模樣。

姊妹倆相依為命時，姊姊一定曾經代替過母親的職務罷。

嚴寒的冬天過去了，先是黃水仙，然後是粉紅的櫻花，然後是嫩綠的樹梢，然後是含羞的早開的鬱金香，布魯塞爾在春花繽紛裡復甦。宿舍裡的女孩子也活潑起來，而最令人高興的，是海倫可以外出了。

不過，她不是單獨地出去的，總有一個高高瘦瘦的男孩子和她在一起。我好幾次想看他，卻老是看不清楚他的臉，因為他每次總是俯身就著嬌小的海倫，小心翼翼地護衛著她。海倫依在他的懷裡就好像一朵小百合花一樣，蒼白、美麗、脆弱。

我和安妮又恢復打乒乓球了，馬格達也不再來找我們的麻煩。可是有一件事在困惑著我。

安絲玉小姐好像老了很多。

我常常看見她一個人對著窗戶坐著，銀白的頭久久不曾移動，她好像越來越沉默，獨處的時候也越來越多。只有在晚餐桌前，女孩子們都回來了的時候，她才會又恢復她從前那種精神百倍、談笑風生的樣子。

有一天早上，我正在收拾我的餐具，準備離開，馬格達很興奮地跑進餐廳來，笑著對我們說：

「告訴妳們一個好消息，他們要結婚了！」

「誰呀？」

「哪個他們呀？」女孩子們怔住了。

「就是海倫小姐和她的男朋友呀。」馬格達笑得那麼快樂。

真是好消息！大家都搶著對隨後走進來的安絲玉小姐道賀。誰知道一向和藹可親的老小姐對我們的熱情卻沒有什麼反應，勉強地點點頭就走到她自己慣用的桌前，然後看也不看我們就開始打開她的餐巾，拿起麵包，準備吃早餐了。馬格達趕快過去為她倒咖啡。

我們這幾個道賀的女孩子就釘在原處，站也不是，坐也不是，只好仍然定定地對著老小姐看著，屋子裡靜極了，沒有一點聲音。

然後，安絲玉小姐手上的刀子就掉在地上了，鏗然一聲，同時，我們都看見了，那銀髮的頭緩緩低下，深深地埋在多皺而顫抖的一雙手掌裡，安絲玉小姐哭了。

馬格達過來對我們使眼色，我們才醒過來，慢慢地退出餐廳，她隨後就跟過來了，小聲地對我們幾個說：

「等一會兒我再向你們解釋。」

要解釋的是一個悲哀的故事，海倫雖然日有起色，但是她的心臟卻不能支持多久了，醫生說她可能過不了春天，她自己不知道，她妹妹不知道，只有安絲玉小姐知道。

她在發病以前就有了這個很要好的男朋友，生病時以及病後這個男孩子對她更為熱愛，前幾天，海倫快樂地告訴老姑母，男孩子向她求婚了。

安絲玉小姐覺得自己有責任把事情的真相單獨地告訴男孩子，要他回去好好地考慮一下。如果他們倆結婚，將只是一場易碎的春夢。海倫的身體根本不能做新娘，任何一點激動的情緒或過分的勞累都會影響她的生命，海倫這一生不能變成少婦，更不能變成母親。也許男孩子可以仍然在表面上維持求婚的原意，只要過了春天，也就不會有什麼婚禮了。

男孩子考慮了，他的家人也考慮了，今天一早，趁著海倫還沒起床以前，他們一家三口，父母和兒子，慎重地來拜訪安絲玉小姐。慎重地再向她提出求婚的要求，他們都願意接受海倫，也願意接受這個命運，並且，他們希望婚禮能越早舉行越好。

婚禮就定在半個月以後，正是鬱金香開得最瘋狂的五月。海倫開始忙起來了，他們在宿舍附近租了一層公寓，今天去買一張桌子，明天去掛一面窗簾，我每天上下學，總會碰到他們一兩次。有時候是男孩手上拿著一個燈罩，有時候是海倫捧著一口袋小釘子，海倫見到我時總是微微地笑著，清秀的臉龐有著掩飾不住的快樂與興奮，她正在和她的愛人細心地布置著他們的新家，他們的溫暖的愛之巢。

結婚禮服是由宿舍裡幾個女孩子自告奮勇替她裁製的——因為傳說朋友手做的禮服會給新娘帶來幸運。

每天晚飯後，她們就聚集在縫紉室裡，摩妮克負責剪樣子，愛麗絲負責縫邊，法蘭西絲負責頭紗上的裝飾，連安妮也插上一手，負責替法蘭西絲穿珠子。她們輕聲交換著談話，低頭緊趕著手上的活兒，看著這幾個平凡的面孔，竟然在燈下出現了一種不平凡的美來。

婚禮的日子越來越近了，海倫顯得很疲倦，我們見了她，都會勸她多休息，好好準備迎接那一天。可是，心裡卻不約而同地起了隱憂，有一天晚上，當我又去參觀快完工了的新娘禮服時，馬格達替我們說出來了：

「海倫小姐可別支持不到那一天啊……。」

拿針的女孩子手都停住了，互相對看了一眼，然後又開始縫製下去，安妮抬起頭來瞪著馬格達：

「馬格達，你怎麼老是那麼討厭？」

討厭的不是馬格達，討厭的是那埋伏在前面的命運。海倫，可千萬要支持得住啊！

佳期終於到了。那天早上我並沒有課，安妮跑來敲我的門，叫我下樓去看新娘子。海倫已經打扮好了，到九點差幾分時，安絲玉小姐就要攙著她走出宿舍，走下斜街，到坡下廣場的教堂去望九點的婚禮彌撒，把她嫁出去。

「快來看嘛，新娘好漂亮啊！」安妮在擂門了。

可是，我怔怔地站在那裡，就是開不了那扇門，不知道為什麼，我就是不敢去看那美麗的新娘。我怕的是什麼呢？是怕那美因為它的不能持久而變得淒豔？還是怕終會失去的如果看見了，以後在回想起來時會更加的悲哀與惋惜？到今天我還不能解釋。但是，我想，在我站在緊閉的門後時，我是自私的。為了不讓自己受傷，我沒有去參加海倫的婚禮，我甚至沒有去向她道一聲賀。

安妮和馬格達她們回來以後，一直抱怨我，同時一直興奮地向我追述婚禮的種種。她們說新娘有多美，有多堅強，那樣長久的婚禮彌撒她都安詳微笑地支持住了，說不定醫生錯了，也許她能一直支持下去，病好了也說不定。

是啊！世間並不是沒有奇蹟的，強烈的求生意志往往會戰勝一切。不是嗎？事情好像是照這樣開始了。

每天，都會有快樂的消息從馬格達那裡傳出來，她大概天天都跑去看他們：

「新郎對新娘體貼極了，甚麼都不要她操勞。」

「海倫又買了一張新茶几。」

「海倫說也許過幾年他們可以有小孩也說不一定。」

「海倫說新郎要帶她去露德朝聖。」

去祈求奇蹟罷！兩人既然這樣相愛，生命既然這樣甜美，為什麼不帶著新娘去祈求上帝的恩寵呢？

鬱金香開始少了，貴了。有一天早上，我穿過馬路去上課，當我搭上公共汽車時，我從車窗裡看見露西正匆匆地在對面下了車，向宿舍的方向跑過去，我想，她大概是去看她姊姊去了。

她在學校裡接到電話，有人告訴她姊姊病了，叫她趕快來，她急急地趕了來，姊姊早已走了。

海倫走了，在新婚第十天的早上，安靜而滿足地倒在年輕丈夫的臂彎裡走了。馬格達在我一放學回來時就哭了。她大概哭了很多次，也說了很多次，聲音都瘖啞了：

「是在早餐的時候，她只是要站起來為她的丈夫再倒一杯茶，她站起來，拿到了茶杯，然後就倒下去了。」

「沒有一句話，沒有一點預兆，她丈夫抱住她時，她已經停住呼吸了。」

十天的婚姻，十天的新娘，海倫能得到的就只有這麼多了。

站在晚春的窗前，有花香襲人，有柔風撲面，有少女的嬉戲聲不知道從哪一家的院子裡傳過來。那個我沒有參加她婚禮的美麗溫柔的新娘到哪裡去了？那個我到現在還不知道名字的年輕的新郎此刻在做什麼？他們一桌一椅布置起來的新家今夜還會有人在嗎？女孩子們一針一線縫出來的嫁衣還放在那新買的櫃子裡嗎？新娘手捧的花束，假如像她們所說的那樣泡在淺水的銀盤裡，白色的小花到此刻也許還不曾完全枯萎，還會有淡香罷？

我就站在窗前，沒有敢回過頭去。

一九七七年八月二十四日

蓮座上的佛

風聲是很早就放出去了，因為，我很愛看朋友們那種羨慕得不得了的樣子：

「真的要去尼泊爾啊？」

朋友的眼睛好像在剎那間都亮了起來，於是，我就可以又得意又謙遜地回答他們：「是啊！不過不知道手續辦得怎麼樣？假如辦成的話，我們還要去印度，去喀什米爾哩！」

是一種什麼樣的心情！當年去歐洲讀書的時候，好像還都沒這麼興奮。向別人說起那些遙遠的地方的名字時，真有種陶陶然、薰薰然的感覺。

我一直想去那種地方，遙遠、神祕和全然的陌生。不管是金碧輝煌的古老，或者是荒蕪髒亂的現代，一切都只是在一種道聽塗說的傳言裡存在，和我沒有絲毫痛癢相關，我可以用欣賞童話的那種心情去欣賞那塊土地，不必豔羨，不必比較，也不必心傷。

而飛機飛到加德滿都盆地上空時，也真給了我一種只有童話裡才能有的那種國度的感覺。從特別白、特別厚的雲層掩映下，一點點地向我們逐漸展露出來的豐饒的綠色高原，有那樣乾淨美麗的顏色，房屋、樹木、山巒都長得恰像我夢裡曾經臆測過的模樣。又好像一張年代稍有點久遠，可是筆觸仍然如新的透明水彩畫。

在那個時候，我並沒想到，有一件事情正在等待著我。在事情發生之前，我是一點也沒能料到的。

到了加德滿都，住進了「香格里拉」旅館，稍事休息，喝了旅館特別為我們準備的迎賓酒後，我們就開始參觀活動了。第一站就是城郊東方的山上那座「四眼神廟」，那是世界上最大也是最古老的一座佛塔。同行的尼泊爾導遊很熱心地為我們講解：塔是實心的，底下的圓座代表宇宙，而上面四方座上畫的四面佛眼代表佛在觀看注視著眾生，然後，然後……。他的英文帶有很重的土腔，聽起來很費力，於是，我們就一個兩個地慢慢溜開了。要溜要趕快，否則，只剩下你一個人時，就很不好意思而必須硬著頭皮聽下去了。

我溜到佛塔旁邊一個賣手工藝品的小店裡，剎時間目迷五色，把外面的佛塔、寺廟全都忘了。小小的店裡，擺滿了精緻美麗的東西：鑲著銀絲套子的彎刀，綴滿了彩色石頭的胸飾，還有細筆畫在畫布上的佛畫，還有拿起來叮噹作響的喇嘛教的法器，我簡直迫不及待地想問：

「怎麼賣？多少錢？」

不過，同行的愛亞比我早，已經拿起一個銀鐲子來問價錢了。她要店主翻譯那鐲子上刻著的文字是什麼意思。看他們兩個說得正熱鬧，我只好在旁邊先挑一些東西出來，等他們說完話。

可是，他們兩個大概碰到難題了，僵在那裡半天，愛亞過來叫我，要我給她翻譯一下，因為有一句話她怎麼也聽不懂。

面孔黝黑的尼泊爾店主指著手上拿著的那個銀鐲子說：

「這是一句經文，我念給你聽，它的意思是說：蓮座上的佛。」

他唸出了那句經文：

「哄瑪呢巴地瑪哄。」（唵嘛呢叭咪吽）

然後，我整個人就呆住了。

愛亞在旁邊等著我的翻譯，店主也在旁邊等著我翻譯，店裡還有幾個同行的朋友也在看著我，可是，我就是說不出話來。

我無法說話，因為我心裡在剎時之間忽然覺得很空，又忽然覺得很滿。

那樣熟悉的一個句子，卻在那樣陌生的地方，從那樣陌生的一個人的嘴裡說出，怎麼可能？怎麼可能！多少年了！

多少年以前的事了？外婆還在的時候，在我還很小的時候，我就常常聽到外婆念這句經文。常常是傍晚，有時候是早上，外婆跪在乾乾淨淨的床上，一遍又一遍地俯拜、叩首。長長的蒙古話的經文我聽不懂，可是，這一句反覆地出現，卻被我記住了。

而當時的我，甚至，過了這麼多年的我，並不知道我已經把它記住了。在這一剎那之前，我是一點也不知道，我已經把這句經文記住了。

外婆只有我母親一個女兒，我們這幾個孩子是她心中僅有的珍寶。不管我們平常怎麼淘氣、怎麼不聽話、怎麼傷她的心，在她每天晨昏必有的日課裡，在她每次向佛祖祈求的時候，一定仍是一遍遍地在為我們禱告，為我們祈福的罷。

隔了這麼多年，我仍然能清晰地記起外婆在床上跪拜，我在門外對著她看時的那些個安靜而遙遠的清晨或傍晚。我還能記得從院子裡飄進來的桂花的香氣，巷子裡走過的三輪車的鈴聲，還有那個年輕的我，有點慚愧又有點感激的我，裝著毫不在意似地倚在門邊，心裡卻深深地知道，知道外婆永遠會原諒我、永遠會愛我的。

一定是這樣的罷。所以，隔了這麼多年，要我走了這麼多路，就只是為了在這裡，在這個時候，再向我證實一次她對我的愛罷。一定是這樣的罷！

我竭力想把這些思緒暫時放下，竭力想恢復正常，好來應付眼前的局面。可是，我的聲音還是出不來，然後，眼淚就成串地掉了下來。

人生遇合的奇妙遠超過我所能想像的。在那一剎那，胸臆之間充塞著的，似乎不單只是一種孺慕之情而已，以乎還有一些委屈，一些悲涼的滄桑也隨著熱淚奪眶而出。

事情就是這樣了。在一、兩分鐘後，我終於能夠哽咽地把這句經文譯了出來，也終於能用幾句簡單的話把我的失態向愛亞解釋了一下。愛亞真正是能體貼我心的好友，她一直安靜、忍耐地等在旁邊，當時並沒有急著要來安慰我，事後也沒有再提過一句，卻能讓我感受到她的了解與關懷。

從那一刻以後，加德滿都盆地的美麗風光對我就變得不再只是神祕遙遠的香格里拉而已了。從那一刻以後，有些莊嚴而又親切的東西將我繫絆住了，我與那一塊仙境似的土地之間竟然有了關連。

蓮座上的佛啊！這一切，想必是祢早已知道，並且早已安排好的罷？

一九八〇年十月

賣石頭的少年

來這裡之前，就有朋友警告過我們，加德滿都的乞丐和小販都很會纏人，比起印度的雖然遜色，但對我們這些從台灣去的觀光客來說，已經很夠我們吃不消的了。

他們一點也沒說錯，陣勢果然驚人。不管到那一個風景區，乞丐和小販都是一湧而上，要從他們之中脫身實在不容易。眼前美麗的風景根本沒有辦法看，開始的時候還可以邊戰邊走，到最後受不了的時候真的只有拔足狂奔的分兒了。所以每一次出去，都是乘興而去，敗興而返。除了有幾個比較遙遠的郊區是例外，差不多的觀光區都是這樣，讓人心裡覺得很悶、很不舒服。

其實，尼泊爾除了因為山區交通不便以外，一般民眾的生活並不十分困苦。我們在街上可以看到各種各樣階級的人，他們並不注意我們這些觀光客，自在而安適地走過我們身旁。他們其實是在一個自給自足的國家裡，所缺的也不過是些機械文明的產品，和因這些缺少而引起的一種嚮往和欲求罷了。假如我們不去，他們恐怕連這種欲求也不會有的罷。

假如我並沒有機會能自由地在他們的街頭閒逛，假如我只是一個只在某些特定的風景區裡瀏覽了一下就走了的觀光客，那麼，尼泊爾和尼泊爾人給我的印象可真是很糟糕的了。

那個少年就是在那種時刻裡出現的，所以，一開始時，我根本不要理他。那天早上，是星期二，是印度教的聖日，在山上有一個祭典，用活羊、活牛來做「犧牲」，在祭典中獻給神祇。我們一早就坐車上山，為了要觀看一種在別的宗教中已漸漸消失的祭典。

從停車的地方到祭祀的廟宇有一長段路，一下車，小販就圍上來了。這已經是到加德滿都的第二天了，同樣的經驗已發生過很多次，所以，同行的導遊和朋友都互相告誡：

「千萬別停下來買東西，趕快走。」

在我埋頭疾走的時候，那個少年一直跟在我身旁，手裡拿著兩塊紅色的小圓石頭要賣給我，一路上，從四十盧比（Rupee，一盧比相當於新台幣三元）已經降到二十盧比一個了。

他個子不大，瘦瘦長長的，一臉羞怯的笑容，聲音也比旁人來得尖細，還帶著點童音。

也許就是那童音觸動了我，我有點不好意思地抬頭向他笑了一下，搖搖頭說我現在不能買：

「也許等一下回來再跟你買罷。」

我是想這樣把他打發走的，可是，他有點失望地對我說：

「不行啊，等一下我就要去上學了。」

是真的嗎？眼前的這個孩子竟然是個半工半讀的可愛少年嗎？

他大概看出我的驚訝與猜疑了，從上衣口袋裡掏出個小夾子，把裡面的學生證拿給我看。他告訴我他上幾年級，現在我已經忘了，但是我還記得他那種迫不及待想讓我相信他的那種感覺。

「你今年幾歲？」

「十四歲。」

淺色的眸子，深棕色而瘦削的雙頰，是亞里安種的血統，臉上有一種很天真頑皮卻又很知禮的表情，我開始喜歡起他來了。我想，他的老師一定也喜歡他的。

當然，他手上的石頭是以二十盧比的價錢賣給我了，我又幫他向同行的朋友們推銷了一些，然後，很高興地和他搖手說了再見。

在路上，我看他還在人前人後地推銷他的紅石頭，大概想在上學之前多賺一點罷。在一個下坡的斜梯之前，我還幫他照了幾張相，他在我的速寫本上很整齊地留下他的英文地址，希望我把相片沖洗好了以後寄給他，我也很慎重地答應他了。

然後，有些買了他的石頭的朋友跑來向我抱怨了：

「你叫我買他的，可真是上當了。人家別人才賣五個盧比一個哩。」

那時候，我心裡還沒什麼不高興，我只是覺得很好笑。本來就是嘛，在台灣本鄉本土的，我也從來沒還對過價，從來沒能買到過真正的便宜東西，到了這麼人生地不熟的地方來做觀光客，當然是應該上當的。抱歉的是把朋友們給連累了，而連累的原因是由於我對這個半工半讀的少年的一種偏愛罷。

可是，等到參觀完祭典回來，在原來的路上又遇到他時，我的感覺就不對了。已經快十點鐘了，他還沒去上學，還能面對著我笑，我想，我那時候的臉色一定很難看：

「怎麼？你還沒去上學？」

他大概也感覺到了，臉紅了起來，訕訕地說：

「我馬上就去了。」

我也沒理他，自顧自地往前走了，心裡很悲傷。這樣小的孩子就為了生活開始討好，開始欺騙，實在也由不得他。我本來不應該對他生氣的，可是，我也找不到其他的對象來生氣，窮困的生活、文明的侵入、物質的誘惑，都只是一些抽象的零亂的對象，沒辦法把它們抓過來痛罵一陣，我因此也只好用冷酷的面孔來對待眼前的少年了。

走了幾步以後，他忽然從後面跑過來，追著告訴我：

「我現在就去上學了，再見。」

我敷衍地回了他一聲再見，看著他慢慢地向山路上後退，心裡想：何苦呢？要等著我們這一車觀光客走了以後再出來做生意，恐怕要耽擱不少時間，損失不少金錢罷？這小小少年，為了自尊，不得不躲藏起來，是我的錯。我不該太相信他在前，而又太傷他在後，這件事，實實在在是我的錯啊！

上了車以後，心裡還在想這件事。剛好有個朋友坐了過來，劈頭第一句話就是：

「上當了！二十個盧比買塊破石頭。」

「是啊！上當了啊。」

我嘴裡漫應著她，心裡卻還想著那個紅著臉在後退的少年，此刻正躲在哪裡呢？該不是正在哪一處草叢裡目送著我們的遊覽車慢慢地開走罷。我倒希望他再壞一點，不要那樣在意我這個笨觀光客的臉色，一個只拿出二十個盧比的觀光客，有什麼資格來傷一個少年的心呢？

車子在山路上慢慢地開著，路旁草木蔥蘢，好一片仙境般的土地。也有些學生拿著書在前面走著去上學，車子過來的時候，他們嘻笑著閃開。原來也有這樣幸福的年輕人，不為生活所愁困、所羞辱的年輕人。

「哎呀！席慕蓉，快看！那不就是你的小朋友嗎？」

全車的人都跳了起來，回過頭去，從後車窗的大玻璃看出去，在四五個手上都拿著書的、高高大大的男孩子中間，那一個相形之下顯得特別瘦小的少年，興奮地向我們揮著手的少年不就是他嗎？

感謝李南華，是她眼尖，一下子就把他認出來了。他手上拿著幾本書，跟在我們車後奔跑著，一面咧開著嘴笑，一面拚命向我揮手，臉仍然是紅紅的。

我的臉一定也紅了，手忙腳亂地，又想打開旁邊的窗戶，又想繼續朝車後的他揮手，嘴裡還一直嚷著：

「唉呀！是他啊！是他啊！」

要感謝的不只是李南華，我還要感謝那寬厚的命運，給我們安排了這樣的一次相會，讓我們兩個人都沒有抱憾，讓他能高高興興地去上學，讓我能心滿意足地離開，上天待我們真厚！

他們的學校就在路旁，車上的朋友在車子經過時都看到了，唯獨我沒有看到，因為，我仍然戀戀不捨地望著那向我揮手、越來越小越模糊的身影，在心裡小聲地向我的少年朋友說再見。

那時候，我心裡的快樂是說也說不完的了。

一九八一年十月

鄉關何處

尼泊爾人是一種不大會排斥別人的友善的民族，無論是在宗教上或者生活上，他們都很有容人的雅量。在加德滿都市中心的建築上，就會讓人看得嘆為觀止。這個海拔一千三百公尺的高原城市，原是加德滿都盆地裡三個古城中的一個，有很多街道在公元四到八世紀時就已經在那裡了。千百年下來，印度教、佛教，還有佛教的一支——喇嘛教，蓋了各式各樣的寺廟，供奉了各式各樣的神佛。再加上他們自己的複雜的人種、複雜的階級、複雜的衣著，把個加德滿都城搞得像古代波斯人的細密畫，滿滿的筆觸、滿滿的變化，讓人一時之間眼花撩亂而無所適從。

我們的尼泊爾導遊是個很盡責的人，一路上都想把我們這十個人招呼到一起來一一為我們解說。可是，憑良心說，美景當前，除非真是有了特別的疑問，誰能耐下性子來聽他的尼泊爾英文？總是聽著聽著眼睛就會溜到旁邊去，然後，假裝著要照相，趁他不注意的時候，就趕快跑開了。有點像在大學時逃課的那種心情，有兩分對教授的抱歉，卻被滿滿八分的重獲自由的那種快樂蓋過去了。

所以，他一直對我們不太滿意，有一次還發了脾氣，因為我們提出的問題，正是他剛才在車上用麥克風苦口婆心地向我們講解了一路的問題。發了一次脾氣以後，我們也乖一點了，他說話的時候我們也肯仔細地去聽或者去揣摩了。

那天下午，我們要去參觀西藏難民營時，在車上，他鄭重地告訴我們，請我們在參觀的時候，絕對不要給難民什麼東西，即使是他們向我們要，我們也絕不可以給，請切實遵守這一條規定。他那樣鄭重地要求我們，我們因而也鄭重地答應了。

那時候，並沒有想到這個諾言是這樣地難以遵守。下得車來，一道象徵性的院牆圍著幾幢破舊的房子。房子像工廠又像倉庫，沒有什麼格局地排列著，好像是在市郊的一個山坡上，和剛才從市中心帶來的那種眼花撩亂的印象成一種強烈的對比，整個難民營給人一種狹小、空落而又灰暗的感覺。

天下著毛毛細雨，車子開進院子，導遊趕著我們進了左邊的一幢房子裡，說是讓我們看製做地毯的連續過程，這是第一步：刷羊毛。

屋子就像一個普通的瓦頂平房，長方形的水泥地，比我們鄉下國民學校的教室大，比禮堂小，兩旁有窗戶，室內卻非常陰暗。二十多個人席地而坐，都是西藏人，有男有女，仔細一看，年紀較老的人好像都在刷一團團的羊毛，而在紡機前紡著羊毛線的都是些中年婦人。看我們進來了，有些人吃吃地笑，有些卻面無表情，然後，有幾個婦人就唱起歌來了，那歌的調子聽起來很奇怪，不斷地反覆，不悲傷也不快樂，聽久了只好像有一種無奈的感覺。

我有點手足無措，不知道該怎麼辦才好。同來的朋友有的已經開始照相了，也有人蹲下去和他們用手勢交談，我站在房子中間，不知道該怎麼辦才好。

這時候，左邊牆下一個老婦人對我微笑，她的臉很慈和，我忽然想我也許可以畫她。於是，跟別人借了紙筆，蹲在她前面就畫起來了。一面畫，一面也拚命向她微笑，盡量向她顯示我的友善與同情。一張畫不好，又再畫一張，在畫好的那張上面簽了名送給她，她也微笑地接過去了，然後在她的同伴之中傳觀，我在旁邊傻傻地陪著笑。

站起來離開他們的時候，我忽然覺得我自己實在很無聊，做的是些沒有意義的事，跑到老婦人面前給她畫一張像也就罷了，竟然還簽上個名，是什麼意思呢？我這樣又能給她一些什麼安慰和什麼幫助？

走出了這個所謂的工廠，緊鄰著的是另一幢一樣的建築，只是面積稍微大一點，裡面的人稍微多一點，採光與空氣的流通並沒多大的改善。屋子裡放著兩長列織地毯的機器，年輕的婦人坐在機前工作，也有些好像夫妻一樣的中年人坐在一起。每塊沒完成的毯前都坐著五六個人，也都在我們進來的時候此唱彼和地唱著歌。靠窗邊有小女孩兩三個坐在一起合織一塊小地毯，看見我們來就很高興地對我們揮手，其中有一個長得特別美麗，雙眼皮的大眼睛，像黑水晶一樣發亮的瞳仁，笑起來像一朵玫瑰花一樣的嬌柔明燦，我不禁對她舉起了相機。她知道自己的美麗，也知道我驚嘆於她的美麗，於是在鏡頭前更愛嬌地向我笑著。我一連拍了兩、三張，她身旁的女孩子也把頭湊過來。

她看我放下相機後，就向我伸出手來，嘴裡小聲地向我要錢。因為有導遊的囑咐在前，我微笑地向她搖搖頭，心裡想著告訴她：不行啊！孩子，不能隨便向人要錢啊。然後她就用手勢比給我看，向我要東西，我看了半天才懂得，她是在向我要口紅。我仍然微笑地回絕了她，心裡覺得有點不對了，不敢再和她的眼光接觸，趕快走開，到另一邊去參觀。

而在另外的那個角落裡，有個男人在冷冷地盯著我看，他的臉上並沒有什麼表情，我沒辦法知道他剛才是不是一直在觀察我們，可是我已經有點心慌了。他也織地毯，大概是休息，所以點著一枝菸對我望過來，好像望進了我的心裡。知道我因為有導遊的囑咐做後盾，理直氣壯地拒絕了小女孩那樣小小的要求，而其實，她有權利那樣要求的，我們利用了她的不自由給她照了相，也利用了她的不自由而不給她任何的報償。

我不自禁地回過頭再向窗邊的那個女孩望了一眼，她也正瞪著我，臉上因為生氣幾乎顯示出一種惡毒的表情。我趕快把眼睛轉開，很想走過去對那個小女孩解釋：我很抱歉，我是不得已的，請不要怨恨我。請千萬不要讓你美麗的面孔改變了模樣，請千萬不要。

當然，我是沒辦法解釋的，我唯一的辦法就是趕快走出那間房子，趕快把這些都忘記。

我們的導遊正站在院子門口，我走過去問他，這些難民工作有沒有酬勞？

他說：

「有啊！他們每天工作八小時，有酬勞，並且每週有一天假期。」

那他們有沒有離開的自由呢？

「有啊！他們不高興就可以離開。不過有的人回到西藏去只是探望親友，隔不了多久就還是要回來，因為在西藏的生活實在不及這邊自由。也有人下山到加德滿都城去，可是也不過找些工人或者侍者的工作，待不慣，又會跑回來。」

那麼，除了在這一個破落的院子裡待下去以外，世間竟然沒有一條更好的路可以給他們走了嗎？鄉關何處？能回去的故里卻窒悶得活不下去，能活下去的地方卻又窒悶得無法發展。假如已經這樣過了二、三十年，那麼，難道不會又同樣地再過二、三十年嗎？老人死去，中年人變老，而窗前那些年輕美麗的小女孩的將來，在織了多少塊地毯以後，將不過只是再到另一間屋子裡去紡羊毛、刷羊毛嗎？在越來越多的觀光客來參觀時，再彼此無奈地唱著一些同調的歌嗎？

又開始下雨了，細細綿綿地淋到身上，我覺得好冷。我沒辦法想像他們的心情。在加德滿都的街上，有很多西藏人，他們大概是很早就出來了；能在這裡安身落戶，也要好多代好多代的時間罷。而在我身後的這一群？又要用多少時間才能得到安居樂業的自由與希望呢？

想到他們也是我的同胞，我不禁對我們原來很引以為傲的富足，感到慚愧和不安了。

一九八一年十月

達爾湖的晨夕

1

小船已經停在碼頭旁邊了，船夫在等著我們下船，可是，五個人裡，卻沒有一個肯移動，沒有一個肯出聲。這樣的夜晚，是不是一定要就此結束呢？難道，不能再來一次嗎？

總希望
二十歲的那個月夜
能再回來
再重新活那麼一次
……

——〈千年的願望〉

年輕的時候，因為羞怯，因為很多奇怪的顧慮，有些話始終沒能說出來，有些要求也始終沒敢提出來，白白地錯過了那麼多個美麗的夜晚。

而在這麼多年以後，如果也讓這個夜晚就此結束的話，我們就再也沒有什麼藉口可以原諒自己了。

「請你，請你再划出去，再讓我們遊一次湖罷。」

已經十一點多了，再划出去，再去湖上遊一圈的話，回來時一定會過了午夜的。可是，大家都很高興終於有人能把五個人心裡共同的願望說了出來，可不是嗎？讓我們再來一次罷。

所以，小船在滿天的星光裡再出發，那天晚上，沒有月亮，星群在漆黑的天空中顯得特別大特別明亮。

「該不是我們離天空比較近？」

有誰在小聲地發問。也許是罷，在感覺上，印度北部的喀什米爾高原，應該是離天空比較近。

湖畔的燈光一盞一盞地滅了，人聲早已沉寂，只有我們五個人低低的歌聲在湖面上迴旋。湖水如一片光滑而有著柔細波紋的黑色絲緞，在我們舷旁一波又一波地閃動著。風很涼，夜正長。

那天晚上，我們終於如願以償，讓美麗的夜晚重複出現了兩次。

2

對達爾湖（DAL LAKE），我原來並沒有什麼印象，也許書上讀過，也許在什麼報紙上看過。但是，在看到它之前，我從來沒想到，一個湖泊，竟然能有那樣多的面貌。

在喀什米爾首府斯利那卡的境內，達爾湖似乎是一個主角。當我們從飛機場坐著汽車直奔到它身邊時，正是個十分熱鬧的午前時刻。碼頭旁聚滿了張著棚子的小船，船夫等著把我們這些觀光客搖到湖中心停泊著的大船上去。這種小船的名字叫「西卡拉」（SHIKARA），有些船夫自稱是「水上計程車」，在達爾湖上穿梭地來往。船身很寬，很長，旅客可以坐臥在像皇宮一樣的軟墊子上面，同時可以載五、六個人以上。不過，我總覺得他們把原來很樸實的木船裝飾得過分地瑣碎和華麗，就顯得有點可笑和不真實了。

等我登上了要在其中住兩個晚上的大船以後，這種可笑和不真實的感覺就更加強烈了。

大船是一排排停在水上的旅館，叫「船屋」（HOUSEBOAT），我們幾個人一直想算出每條船大概有幾坪大，不過，一直也沒算出來。只覺得，從進門的「玄關」開始，經過一個大客廳，再一個飯廳，中間有個小廚房，然後一條狹長的走廊旁有三間附有浴室的臥室，再走到一間特別大的主臥室裡，才算是把整條船走完，還不算在主臥室後面的浴室。每間房面積都不小，裡面都有兩張床，有梳粧檯，有沙發椅、小櫃子、大衣櫃等等的擺設；地上鋪滿地毯，牆上雕滿了花，整條船就好像用各種不同花紋的木頭細細地拼在一起似的，有的牆甚至是鏤空了的屏風一樣，一層層的，要多複雜就有多複雜。

只覺得大家都很費心，好像船主希望所有的客人都能在他的船上得到最殷勤的服務似的，於是，把世界上能夠找到的工匠都找來了，能夠刻出的花樣都刻出來了。

可是，那樣複雜的雕花，實在沒有什麼必要。我想，我也許有成見，從來沒喜歡過波斯和印度的細密畫，因此而無法喜歡這樣一種瑣碎的華麗罷。

幸好，幸好還有那美麗的達爾湖在船外，那個安靜又樸素的達爾湖就在船外等待著我。

3

船上有兩個侍者，其中之一專管我們的膳食，食物從大廚房裡端過來，在我們船上的小廚房裡加熱、保溫，到時候，他就穿上白色的制服給我們端到餐桌上來。另外一個人是跟著跑的下手，也是我們的專用小船的船夫。兩個人都是回教徒，臉上的輪廓很深。

帶我們來的中國導遊告訴我們，所有的東西都可以放在船上，不用怕丟掉，因為喀什米爾的回教徒很自豪於他們的節操，不會有任何偷竊的行為。

果然是如此，他們除了把船上擦拭得一塵不染以外，他們的內心也是一塵不染的。當然，他們平時常向旅客推銷土產、手工藝品，也很會漫天開價，可是，那是求生必須要走的途徑，任誰都是一樣的。

那個船夫沒什麼東西向我們推銷，就不斷地鼓動我們坐他的船去遊湖，告訴我們一些奇奇怪怪的事，引起我們的好奇心，就乖乖地上了他的船了。

那天清晨，說好他要帶我們去看水上市場的，我們好早好早就起來了。雖說才是八月底、九月初的天氣，白天還是穿短袖衣服到處跑，可是夜晚和清晨的氣溫卻冷得透心。帶的衣服都上了身，仍然會發抖，每個人都拿了床上的毛毯把自己裹起來，像個粽子似的坐在船上，當然，拿照相機的手是必須要伸出來的。

湖面上有一層水氣，看過去好像山巒都在很遠的地方。而湖水碧綠清澈，水草的最細微的動態都能很清楚地看到，不知道湖有多深，有多大，有多少的轉折？我低頭細看那青荇，更不知道這湖已經歷過多少歲月了？

船原來是在開闊的湖上划行的，船夫在後面撐槳，忽然微微地向右一偏，就走進了一條綠蔭夾道的小路裡。說是小路，當然仍然是水路，可是旁邊種滿了好高好高的竹子，卻疏密有致地微微俯下身來，遮住了外面的天光，讓湖面的水氣顯得格外地濃。整條小路裡除了我們以外，沒有任何人，沒有任何船，只有小翠鳥在兩邊的竹蔭裡飛過來又飛過去，還一面清脆地鳴叫著。

江南是不是也有這樣的風景？雖然隔了幾千里，是不是也有這樣的水，這樣的霧，這樣的清晨呢？

4

喀什米爾的人很有趣，他們的水上市場也是男女有別的。男人賣菜，女人只能賣水草，菜是給人吃的，水草是給家禽吃的，而且，男人有男人的市場，女人有女人的市場，絕不能混亂。

船夫帶我們去看的，是男人的青菜市場，要早去，否則時間一過，批發與零售都成交了，船隻就會四散而去，沒什麼可看的了。

起得可真夠早的，覺得自己也好像水中的那些樹一樣，身上也布滿了一層露水，涼沁沁的，只差沒能像那些樹一樣，在晨曦中閃閃發光而已。

可是，還有比我們起得更早的人，遠遠地，在如鏡的水面上滑行的，不都是一艘艘載著花、載著菜的小船嗎？這些小船比我們坐的又小了許多，窄長了許多，船主蹲踞在船頭，已經開始講起買賣來了。

一艘小船划過我們船邊，一個黝黑漂亮的小男孩向我遞上一把荷花。四朵芬芳飽滿的蓓蕾插在一片荷葉的當中，荷葉和荷花上還帶著露珠，帶著清香。小孩向我含羞地微笑著，我沒有還價就買了兩把，身旁的朋友笑我：看到荷花就瘋了，也不知道先殺一殺價錢。

可是，在那樣的一個時刻裡，有些事情是不可以猶疑，不可以討價還價的。

在那樣的一個時刻裡，那小男孩的羞怯的笑容，那湖面上吹來的柔風，那水中細碎的竹影，還有那一把荷花荷葉帶給我的歡喜，所有的一切都是無價的，而且都不是我本來應該享有的。它們是，我很知道，它們是上天給我的額外的禮物，我只該含笑領受，一句多餘的話都不能說的。

送了一把給一位愛笑的朋友，另外一把就拿在手上，有點微醺微醉的感覺，好像眼前的一切都有點朦朧了起來，和我沒有什麼關聯了，只因為手中握著一把荷花，心裡面藏著一個美麗的祕密。

5

看他們做生意很好玩，蹲在船頭悠閒地交易，成交了的人，就站起來用木槳把艙中的蔬果一槳一槳地鏟進另外一隻船裡，手法非常熟練和怪異。我們這群觀光客只希望他會把一兩隻茄子或者蘿蔔鏟進水裡，可惜一直等到整筆交易做完，都沒能讓我們如願。在他「揮槳如飛」的情形之下，所有的大小茄子和紅白蘿蔔都乖乖地上了另一條船，一隻也沒掉出來。

果真是純粹的男人市場，除了我們這些觀光客中有些女性以外，其他全是男性。水面上船隻越聚越多，有一個年輕人不小心地在自己的船上滑了一跤，濺得一身水，卻什麼事也沒有似的站起來，拍拍褲子高興地笑了。他們的年輕人和男孩子長得真美，美得好像是雕像一般，可是這個雕像卻有著非常健康的膚色和非常爽朗的笑聲，讓我忍不住一次又一次地回頭向他們注視。

他們的女孩子也長得好看，不過，成年的婦人中有很多都戴上了黑色的面紗，讓我們無法看到她的美麗。在斯里蘭卡飛機場的候機室裡，曾經看到一位卸下面紗的女子，溫柔地坐在她丈夫身旁。那樣潔白溫潤的膚色，再加上如畫的眉目，把我們這幾個人都看呆了，又不敢明目張膽地站在她前面，只好假裝有事情要辦，一次又一次地走過她的身邊，心裡又驚又喜，原來美人都出在山明水秀之處，果然是有道理的。

6

甚至，連喀什米爾的花，也開得特別的漂亮。達爾湖船屋的碼頭旁，就種著整叢的玫瑰，粉紫嫩黃地盛開著，天特別藍，雲特別白，上天好像特別偏愛喀什米爾這一塊地方。

難怪喀什米爾的人都那樣自豪，載我們去遊蒙兀兒花園的計程車司機是個大個子的年輕人，一直把手伸出窗外指指點點，叫我們看他的湖、他的山；還一直問我們：

「你們那裡也有這樣的美景嗎？」

我們都笑了，對他語氣中的那種自滿與自豪覺得很歡喜，也就不想和他計較了。本來也是，他的家鄉實在是很不錯的一塊地方啊！

不過，我們也有一個很不錯的地方在等著我們回去，旅行的美妙也就在此。達爾湖已經是我們行程的尾聲了，再過幾天，就可以回家了，想著有那樣好的一個家一個國在等著我們倦遊歸去，眼前的風景將來會變成心裡的記憶，而我們現在心中渴切思念的親人很快就會來到眼前，有什麼時刻能夠比這樣的時刻更安適和更美好的呢？

所以，在那天的晚上，我們更能深切地覺得一切事物的珍貴和難能再得，才會那樣強烈地希望再來一次。

而此刻，坐在我的燈下，達爾湖離我，可真是有幾萬幾千里了。不知道哪天還可以再去，也許不會再去了。世界那樣大，下次也許應該換一個方向出發。不過，無論我以後的決定是什麼都沒有關係，因為，我知道，它的山、它的水、它的清晨和夜晚都已經屬於我了。

因為，對那樣美麗的晨夕，我是絕對捨不得忘記的。

一九八一年十月

那串葡萄

以前一直是很恨史坦因的，當然也恨那個王道士，每次一碰到些什麼有關敦煌的報導，讀到這一段，我總會跳過幾頁，躲著不去看它。想著那些被英國人一批批運走的珍寶，心裡就急了起來。其實，也已經是好幾十年、好幾十年以前的事了，可是，只要一提到這件事，仍然像有把火在什麼地方猛然燒了起來一樣，整個人就慌亂氣悶得不知如何是好。

而今年夏天，在印度新德里的國家博物館裡，我卻與他們碰個正著。

事先，我和同行的朋友們都以為要參觀的是古老的印度文物。開始時也確是如此，從史前時代的石器、銅器開始，我們一個展覽室一個展覽室的閒逛著。離我們那樣遙遠的生活，被標上了年代放在大櫃子裡，就變得更遙遠和更冷漠了，不過，博物館不是一向就是如此的嗎？

所以，當我懷著同樣冷漠而淡然的心走上了樓梯，走進了二樓的一個展覽室之後，忽然覺得有些什麼感覺不大一樣了。在還不太能分辨得出來到底是什麼緣故的時候，只覺得室內的燈光變得柔和了，牆上繽紛的藝術品也跟著發出一種溫柔和細緻的光彩，我好像置身在一個似曾相識的夢境裡。

「好像在哪裡見過。」

果然是見過的。牆上掛滿了敦煌的絹畫、佛幡，櫃子裡成列的都是從高昌的古墓裡發掘出來的遺物，所有的東西都是史坦因找到的，在運回英國的途中，留了一部分在新德里的國家博物館。

而那串葡萄，就放在一個密閉的玻璃盒子裡。盒子再放在一個密閉的玻璃櫃子裡，旁邊的標示寫著，是公元七到八世紀，隋朝高昌故址阿斯塔那（ASTANA）古墓裡的祭物。

那就是說，這一串葡萄是在一千多年以前，被人從樹上摘下來放在墓園裡的了。是那種傳說裡晶瑩甜美的吐魯番的馬奶葡萄嗎？是那種入口爽脆而又有著玫瑰香味的碧綠葡萄嗎？在一千多年以前把它從枝上摘下來的人是誰呢？不知道是男子還是婦人？不知道摘下它的那一天是個什麼樣的天氣？

而在我眼前，在密閉的玻璃盒子裡，葡萄已經乾枯縐縮，分辨不出什麼顏色來了，卻仍然枝連著枝，果連著果，在一千多年以後，在我的眼前，莊嚴地堅持著它原來該有的形狀和名字。

生命到底是脆弱的還是永久的？留下來的，究竟是一些什麼呢？

「葡萄美酒夜光杯，欲飲琵琶馬上催。」應該是真有其事的了。喝酒的征人容或已經消失了，可是，這麼多年來，只要想起他們，他們就會在你眼前在你心中不停地飲，不停地醉，不停地彈著琵琶，不停地上馬；而他們的豪情，伴著那夜裡漠上的風沙，就會不停地向你撲過來，你想一想，他們什麼時候消失過呢？和他們比，我們現在似乎是實，他們似乎是空，但是，再過幾十年，我們會變成空，而在我們子孫的心裡，他們卻仍然是實的。只要我們子孫中任何一人讀起這首詩，他們就會重新出現、重新開始不停地飲，不停地醉，不停地彈著琵琶，不停地上馬；而我們，我們又會到哪裡去了呢？

一千多年以來，在這塊土地上，烽火沒有停過，天空卻照樣晴朗，葡萄在那樣晴朗的天空下熟過多少次？釀了多少杯？醉過多少征人？熙熙攘攘的形象最後都復歸於塵土。可是，在那天，被一雙也許是極為溫柔的手所摘下的這串葡萄，被安置在燥熱的沙土之下，卻在幾萬個日夜的時光之後，被一雙也應該是極為溫柔的手所發掘了出來，重新走進了人世，走進每一個見過它，被它說服的人的心中。我在這裡用了「說服」這兩個字，是因為我找不到別的可以代替的字眼。因為，是這一串葡萄說服了我，讓我重新認識了生命的另外一種溫柔而又不變的堅強。

在那一剎那，我幾乎要感謝史坦因了。也許，一個考古學者最大的願望，就是要讓很多人看見他所看見的，因而也就能相信他所相信的罷。也許，他也不過是一個和我一樣的人，在初見這串葡萄時，覺得它的堅持的可笑，離開這串葡萄時，領悟了它的堅持的莊嚴，而最後，在回想起這串葡萄時，卻終於發現了它的堅持中所含的溫柔和美麗了罷。

他應該也不過是一個和我一樣的人罷？

一九八一年十二月

附錄

一條河流的夢

——席慕蓉訪問記

夏祖麗

一九八一年七月，大地出版社為席慕蓉出版了她的第一本詩集《七里香》，一個月之內再版。其後，平均每兩個月一版，創下現代詩的銷售記錄。半年後「爾雅」又為她出版了兩本散文集《成長的痕跡》、《畫出心中的彩虹》，預約就有上千本，也在一個月內再版。一九八三年二月，大地又推出《無怨的青春》詩集，再一次造成轟動。一九八三年十月，洪範出版了她的散文集《有一首歌》，出版半年就印到第六版。

兩年半來，席慕蓉的五本書（還不包括與張曉風、愛亞合著的《三弦》）都是頻頻再版。而台灣南北兩大書店「南一」（台南）、「金石堂」（台北）發表的去年全年暢銷書排行榜中，席慕蓉的六本全部上榜，其中有三本在前十名內，這是特殊的例子。因此，有人說，去年是「席慕蓉年」。

書的暢銷，緊接著來的，《七里香》的盜印本在南部出現；《無怨的青春》的標題連圖，突然成了一家化妝品公司的廣告；〈新娘〉那首詩也被配上新娘照片，成了結婚禮服的宣傳；而書內那些詩篇，又被卡片公司看上，不經同意就印成卡片，六元一張，到處銷售；更有一家餐廳取名「七里香」，不知是否真能香聞七里？還有建築公司在桃園蓋了個「七里香」社區，在報上大作廣告……這些「熱情的反應」，雖然尚未給席慕蓉帶來太大的困擾，但卻是她始料未及的。

「上蒼為什麼待我如此厚？」

這個在繪畫世界裡耕耘了二十多年的蒙古女子，如何在短短的兩年半裡，在另一片寫作天地創下了那麼好的銷售紀錄？她的作品為什麼受歡迎？她的書為什麼暢銷？有人認為，她的詩畫結合的表現方式是別人沒有的；有人認為，她那樣白，那樣毫無隱瞞的把自己少年的悲傷，青春的微笑，無知的挫敗，把那些似乎本來是要對自己說的話，說了出來，使讀者也藉此得到抒發；還有人認為，現代人對愛情已經開始懷疑，而席慕蓉的愛情觀，似乎給現代人重新建立起信仰（瘂弦語）。甚至有人說，席慕蓉那富於詩意的名字，那來自蒙古沙漠的籍貫，那留學比利時的特殊經歷……，都使她的人和作品蒙上了一層遙遠、空靈的氣息，深深吸引住讀者的心。

而席慕蓉自己認為，她的書暢銷是一種機緣。是剛好到了這個時候。她說：「如果不是我，也會是別人！這是機緣！」

起初，她很高興，因為：「我也有我強烈的虛榮心，我也幻想過到這種境地。可是，後來發現有些事比自己所想的還要多時，我就開始害怕了，上蒼為什麼待我如此厚？這件事為什麼會到我身上？如果在畫畫上得了第一，我還能坦然。因為我從十四歲進入台北師範藝術科開始學畫，在畫畫上我自認是一直努力的。」

一九六六年她以第一名的成績畢業於比利時布魯塞爾皇家藝術學院，成為戰後第一個在該校拿到第一名的外國人。並獲得布魯塞爾市政府金牌獎及比利時王國金牌獎。

但對寫作這個意外的收穫，她卻是害怕多於高興，她甚至有一個較悲觀的想法：「這個社會傳播的力量很大，要讓一個人出名很容易，要毀掉一個人也很快。」

三年前，席慕蓉剛剛在報紙上發表一些作品時，我們曾通過幾封信，一九八一年二月十九日的信中，她曾這樣寫著：

「前一陣子發表了一些詩和散文，得到一些讚美的回響，竟然沾沾自喜了起來，有人稱我為詩人或作家，竟然也欣然受之，毫無愧色！

看了你訪問蘇雪林先生一文卷後所附的著作表，還有其他好多位的，對我有如當頭棒喝，出了一身冷汗。人家用一生一世來做一件事，還覺得不足，還那樣謙虛，那樣的人才能稱為作家、文人，回過頭來看看自己，又寫了多少呢？與他們相比，不如說，根本沒有相比的分量。

所以，我想，我還是乖乖地回到我畫畫的圈子裡罷，作家與詩人的夢，從今以後，不敢再作了。」

這個當初不敢做作家夢的詩人，如今卻成了最受歡迎的作家。命運有時真是很難預料的呀！也許正如詩人蕭蕭所說的：「她自生自長，自圖自詩，不知有漢，無論魏晉，是詩國裡一處獨立自存的桃花源。」

「讓我用我自在的腳步！」

成名的滋味雖甜，但原可控制的生活卻有點身不由己了。本想一步步走的路子，那麼快就到了。為了要拒絕不斷的稿約、演講、訪問，使她變成一天到晚向人說「對不起」的人。她怕別人覺得她驕傲，又怕別人把她定型。有一段時期，她情緒不好，甚至想：我不寫總可以了罷！她說：

「不是我撿了便宜還賣乖，不能說我不喜歡我的作品，但我覺得並沒有那麼好。我有一個理想，我還沒做到，我覺得自己還可以慢慢走下去，可是現在沒有辦法證明，只好等時間來證明，我希望大家給我一個機會，讓我用我自在的腳步走下去。雖說我是感性的人，但這點我是理性的，我很珍惜我的作品。」

最近，在一次女作家的茶會上，好幾十位女作家聚在一起，聊天，唱著老歌，從〈昨夜我夢江南〉到〈國旗歌〉，場面熱鬧。席慕蓉從桃園石門趕來，她站在人群中放開喉嚨跟著唱。看著有些年齡超過一甲子，寫了一輩子，擁有無數讀者，甚或幾代讀者的作家，那麼自在的唱著、笑鬧著，她突然感到自己最近的種種困擾實在很幼稚也實在是沒什麼重要的！她說：

「也許是我比較年輕，也許是我想得太過分了。這些寫了幾十年的老作家給我一種安定的力量。我羨慕她們一如我羨慕畫了幾十年的老畫家一樣，生命應該如此，不倦不休，細水長流。有些東西是值得為它堅持一生的，堅持是心，但表現的方式要不斷求更好，不一定求新，也不一定求舊，只要求一種無可替代的精確性。現在我懂了，我乖乖畫畫，照自己理想的時間寫作，不趕工。很感謝一些朋友在這一陣子聽我訴說，給我分析，現在我覺得自己自在多了。」

「詩使我看到了自己！」

詩、散文和繪畫，席慕蓉如何用這三種方式，把題材和靈感表達出來？這三者與她的日常生活有什麼關係？

她說：「畫畫是我終生投入的一種工作，有人逼我，我自己也要逼我自己。而寫作是我放鬆的一面，是我抽身的一種方法。累了一天後，我對自己說，沒關係，我今晚沒事，我寫詩。這樣一個晚上，是我給我自己的獎品。這些詩一直是寫給我自己看的，也由於它們，才使我看到了自己。」

至於散文，她認為那是記載她的生活，是她對生命的一種驚嘆，人從那裡來？要到哪裡去？為什麼要有這樣的一段極快樂又極悲哀的人生！既有生為何有死？

剛發表詩時，有人勸她寫些大愛，寫些與社會有關連，具有時代性的東西。別人的話，她很認真聽，但她覺得自己寫不下去。後來她發現，這些在她的畫上表現出來了。她的詩很纖細，她的畫，尤其是油畫卻很有「大地之母」的味道，與詩的作風不同。

她說：「大我是我的畫，是我對社會負責任，是我教書、做老師的那一面；而詩是不負責任的小我，是我給我自己最後的角落。」

她一直忘不了，那年站在台北歷史博物館的個展會場上，四周掛著她熬了多少個夜晚換來的巨幅荷花，她向一天來看了三次畫展的詩人余光中問起寫詩的事，余光中說：「想寫的時候不放過，明明知道第二天有事，不能熬夜，但也不管。那時，自己的腦子會封閉關門，只容得下詩！」

多少個夜深、人靜，席慕蓉獨自坐在燈下寫詩，慢慢品味回憶中的自己，她說：「我最喜歡這時候的我，如果暢銷的壓力要損傷到這一點，我是不肯，也不甘心的。」

在那些個她形容「把自己完全打開的夜晚」，她寫下了那樣優美的詩句：

所有的結局都已寫好
所有的淚水也都已啟程
卻忽然忘了是怎麼樣的一個開始
在那個古老的不再回來的夏日

——〈青春之一〉

而在同樣的燈下，她也曾寫下「溪水急著要流向海洋，浪潮卻渴望重回大地」那樣悲壯的句子。這正是這個激情的蒙古女子在潮濕溫熱的台灣鄉下，對那乾旱荒原的沙漠家鄉的呼喚啊！

常常，鐘聲敲過了午夜，她的丈夫披衣起床，打開房門，看見妻子在書桌前落淚，他心裡會疼惜的叫著：「老天！這個人又在寫詩了！」

談起這件事時，是坐在他們石門鄉下的那幢平房裡，理著小平頭的物理學博士劉海北先生，正以帶笑的眼神，透過鏡片，溫柔的投向對座的妻子。

他總是愛妻的第一個讀者。有一天，他看到一則故事說，當年白居易寫完詩，總要先拿給一個鄉下老太太看，她看得懂才發表。於是他恍然大悟對席慕蓉說：「原來我就是那個老太太啊！」

問起他是否也像人家說的，可以從她愛妻的詩裡，找到自己少年的影子，他用那被曉風形容「像散文一樣的聲音」笑著回答說：「好像找不到罷！」

「我並不是懷念青春！」

有人認為，席慕蓉的作品給人一種懷念青春，想回去的感覺。她不認為自己是抓著青春不放，她說，有些事情回頭看，每次看到感動，這表示自己有些東西沒有變，捨不得變。每次能重新感受到過去的那一刹那，那一刹那就永遠是你的，歲月也搶不走。

但她不否認自己是一個喜歡「回顧」的人。走在山林裡，喜歡回頭，總覺得風景在來的路上特別美。開車的時候，愛看後照鏡，因為鏡裡的景色有蒼茫之感。而在人生的道路上，每一次轉折變換，也都會使她無限依戀，頻頻回顧，而不管是十幾歲的日記也好，三十幾歲的札記也好，她心中一直有個傾吐的對象，那就是一個「明日的我」。十九歲那年，她站在新北投家中的院子裡，背後是高大的大屯山，腳下是新長出來的小綠草，她心裡疼惜得不得了，幾乎要叫出來「不要忘記！不要忘記！」她說：「我要日後的我不要忘記這一刹！」

在自己的詩裡，她最喜歡的是那首〈山路〉：

我好像答應過
要和你　一起
走上那條美麗的山路
你說　那坡上種滿了新茶
還有細密的相思樹
我好像答應過你
在一個遙遠的春日下午
而今夜　在燈下
梳我初白的髮

忽然記起了一些沒能
實現的諾言　一些
無法解釋的悲傷
在那條山路上
少年的你　是不是
還在等我
還在急切地向來處張望

為什麼喜愛這首詩?她說:「少年的事也許是很淡的,但年輕時傷了一個人的心,卻是不可彌補的。」

她最喜歡的詩集是敘利亞詩人紀伯侖的《先知》。這位自寫自畫的詩人曾說過:「靈魂綻放它自己像一朵有無數花瓣的蓮花」,而席慕蓉認為紀伯侖自己就是那最單純與最深邃的一朵。

在花前,席慕蓉認為自己是個知足的人。五歲那年,在南京玄武湖畔,她和父親泛舟湖上,第一次看到荷花。讀初二那年,在台北植物園裡,堂哥牽著她,走過荷花池旁,從此,她覺得自己這一輩子就離不開荷花了。她說:「這也許是另一種鄉愁罷!」

如今,在石門鄉居的後院,她養了六大缸荷花,春天施肥,夏天亭亭玉立綻放,站在缸旁,荷花比人還高,她耐著心,冒著溽暑寫生下來。

荷花之外，她喜歡所有淺色的花，茶花、茉莉、百合……她說：「白本來就是奢侈品！」多詩意的形容！

她喜歡白色的花，一如她喜歡澄淨的文字。《小王子》是她最偏愛的一本書，因為，作者用乾淨透明的文字表達深邃的思想，每次看完《小王子》，她就覺得好像把自己洗淨一次，重新面對這個世界。

「那是弱者的自白！」

有人說，從席慕蓉的詩裡，彷彿看到羞怯的自己；也有人說，她的詩把人交回單純的年齡，找回幾乎要消失的東西；還有人說，她的詩是多愁年歲的安慰，重尋舊夢的觸媒。對於別人的說法，席慕蓉以她那慣有爽朗的笑聲說：「那只不過是一個弱者的自白罷！」

「為了得到父母對我的肯定，從小，我有爭強好勝的心，這個因素一直在我的背後。童年要得到的稱讚，青少年一直在奮鬥。如今父母老了，也許他們已經給了我了，但我覺得他們還是對姊姊比對我更好，我一直沒有得到，大概也不容易得到了。也許是我貪心，也許是老三心態，父母並沒有少愛我一點，我這麼多年爭的，是自己得不到的東西。」

在環湖公路上，席慕蓉一邊輕快自在的駕馭著那輛喜美，一邊訴說著自己自卑的童年心情。走到一處彎崖，她停下來，指著那個土裡土氣的亭子說：「最美的這一塊，被這麼一個水泥亭子破壞了！是什麼人讓他們這樣做的，是誰准他們這樣做的！」

出了環湖公路，她加快油門說：「帶你們去看一個天下最最奇怪的景象！」

在一處杳無人跡，滿地荒草的郊野，一座地下人行道煞有其事的立在那兒。此地既無人，又無車，何需人行地下道？她激動的說：「你看！你看！天下會有這種怪事？這是聯繫不夠，地方還沒建設，地下人行道卻先蓋好那麼久了！」

看她自信的神情，堅定的語氣，那兒童時代的自卑，恐怕已經沒有留下痕跡了罷！可是她說：「它們還是常會無可救藥的就上來了！」

「我孤獨地投身在人群中！」

十四歲那年（一九五六年），席慕蓉一個人揹著新畫架和畫袋，第一次離家到台北師範念藝術科。她的父親，現任教西德波昂大學的席振鐸先生曾在一段小文裡回憶女兒當年：「她的小房間裡總是擺著過大的油畫，給她的錢都買了顏料，平日就穿了姊姊的舊衣裳到處去寫生。深夜，我常起來呵責她趕快關燈睡覺。當時的我很不以為然，總希望她再大一點可以改過來。」

而在母親的印象中，每年夏天，她去參加救國團辦的活動，每次出門，寄回一封平安抵達的信後，就再也沒有音訊。然後，有一天，一個曬得像黑炭一樣的人會出現在門口，揹包裡塞滿一大堆別處撿來的怪石頭。

在一篇文章中，她自己也曾這樣寫著：「我永遠是家裡那個假想的男孩，甚至在弟弟出生了以後，我也總是軍服夾克什麼的站在那裡；旁邊坐著三個穿著由很多花邊綴成裙子的姊妹們，她們個個都有著一頭鬈曲蓬鬆如雲般的披肩長髮。」

台北師範畢業後，她進入師大藝術系。大三時，她的兩個姊姊席慕德、席慕萱都出國念書，原來四隻小鳥的窩（她還有一個妹妹席慕華），頓時冷清下來。她在寫給姊姊的信裡說：「妳們出國後，我的童年沒有了！我的童年到大學才結束！」

一九六三年，她從師範大學畢業，教了一年書。次年，到比利時布魯塞爾皇家藝術學院進修，入油畫高級班。

在布魯塞爾舊鬧區，狹狹斜坡的老舊女生宿舍裡，她租到了一間房，日日夜夜，思鄉的寂寞啃噬著她，每次寫回家的信，總是厚厚的十幾頁，至今她都不敢打開來看，因為會哭。

剛去的那年冬天，在異鄉的小樓上，她寫下了這樣的詩句：

於是　夜來了
敲打著我十一月的窗
從南國的馨香中醒來
從回家的夢裡醒來

布魯塞爾的燈火輝煌
我孤獨地投身在人群中
人群投我以孤獨
細雨霏霏 不是我的淚
窗外蕭蕭落木

——〈異域〉

她懷念那窗外有潺潺流水，有一整個院子的花，有一整個山坡的樹的家。更思念獨守家中的母親。

六年後，她和新婚的夫婿回到了台北母親身邊。回國十年來，她以一種淡淡哀傷的心情，眼看著母親日日的老去。每當她想起當年新北投山坡上的家，屋簷下父母的呵護，手足的情深，淚水就忍不住要奪眶而出。與其說她是懷念那段全家人團聚的日子，不如說她是感傷今天家人的四散罷！

「為人兒女的心啊！」

兩年前，席慕蓉的母親在美國中風，她從紐約姊妹的家中把母親「搶」了回來。在東京機場轉機時，看到母親飛行十餘小時的疲憊樣子，她心焦如焚。又因為事先沒有和航空公司聯繫好，她只好做了她最不願意做的事——插隊。因為，只有這樣才能為行動不便的媽媽劃到靠近廁所的座位。站在後面焦急等候的旅客發出了不平的怨聲。她低聲下氣的解釋著：「對不起！對不起，我媽媽行動不便，我只好插隊劃位。」後來，大家看到坐在輪椅上的白髮老太太，終於明白了這是為人兒女的心啊！那個當初指責她最大聲的人第一個走過來幫她推輪椅。

提起這件往事，席慕蓉的聲音裡有一種壓抑住的顫抖。因為，我知道，不然她會說不下去的啊！

為了便於照顧，但又怕孩子吵到母親，她把住家對面的畫室，讓給母親住，布置得溫馨而乾淨。

她請了人照顧母親，料理三餐。她設想周到，在房間裡鋪了地毯，母親常走動的地方做了扶手欄杆，還在床頭裝了電鈴，直通她家。最近，她甚至考慮為母親添置一個隨身呼叫器。

目前席慕蓉在新竹師專美術科教油畫和美學，在東海大學美術系教素材研究。她繪畫的範圍很廣，一般讀者所熟悉的針筆插圖只是其中一部分，她主要是主修油畫，近年來她還畫實驗性的雷射畫以及雷射版畫。

每個星期，她有不少時間花在奔波於石門、台北、新竹、台中的南北高速公路上。再加上照顧母親及兩個孩子（女兒芳慈念初一，兒子安凱念國小三年級），還要準備教材、批改作業、寫稿、畫畫、演講……。但每隔一星期她一定找出一整天，開車帶母親到台北，吃頓飯，看看朋友。生活雖忙碌，但她總給人神采奕奕、興致高昂的印象。與人約會，即使她是住得最遠的，她總是準時到，甚或提早到。偶爾在路上耽誤了，她下了高速公路，一定先撥個電話通知對方，以免人家擔心。

蔣勳曾說過，席慕蓉的詩，是「以快捷的方法說委婉的感受」；而我想，「以明快的方式處理繁雜的事務」來形容她的人應是很恰當的罷！

她那被瘂弦形容為具有北地雄邁與南國秀麗混和的性格，使她能以慧心體會出一套自己的生活哲學，然後以坦然寬大的心胸去面對。她以富於創意的方式安排事情，利用時間。有些事她自己處理，絕不假手他人；有些事，她以善解寬容的態度交給別人。比如家事，她大致安排好後，就全然信任的交給幫忙的人去做。在教育兒女上也是一樣，她把握住大原則，盡量讓孩子自由發揮。

如此，她才能從繁忙中得到輕鬆與協調的時刻，那也就是她寫作、看書或沉思的時候。不但她自己從繁雜的事務中解脫，也使她周遭的人感到安然自在。因為，不會有一個神經質的主婦每天在家裡轉。

「我不是夢幻的！」

在別人欣羡的眼中，席慕蓉是個幸福的女人：快樂的家庭，順利的事業，一帆風順的寫作。但這些卻也是她多年來細心維護，努力學習才得到的，她毫不吝惜的與別人分享，使她更多一層得到快樂與甜蜜的感受。

寫作，使她獲得很多，她說：「以前我比較寂寞，因為我只有姊妹和丈夫可以談心。有幾個春天，我一個人坐在校園裡，覺得自己很悶，如今，寫作把我解開了。」

「現在的春天不寂寞了？」我問。

「我有了好多迷人的朋友，日子越過越精采，我的春天都來不及了啊！」她說。

席慕蓉並不喜歡人家以她的作品來認定她是夢幻的，是唯美的。她說：「我並不是生活在一個很美的環境裡，我面對的是整個生活，然後把裡面最珍貴的部分特別挑出來。」不是嗎？那天在她家一天，看到的就是一個最平凡主婦的生活。

一大早，她給孩子弄好早飯，開半個小時車到中壢車站接我們。從中壢到石門途中，她匆匆在郵局前停下：「對不起，我寄個畫稿，不然等明天寄就太晚了。」回到家，一進家門，就叮嚀晏起的兒子吃早飯前別忘了刷牙。坐在客廳裡，她眼觀四面，耳聽八方，鄰居的孩子在窗外呼叫，她在屋內代傳達：「安凱門口有人找！」電話鈴響了，她去接，是女兒同學打來的，「芳慈！妳的電話。」而念國中的女兒已知道把房門關起來聽電話了。甚至兒子從廁所出來，她也會不忘問一句：「怎麼沒聽到沖馬桶的聲音？你又忘了！」吃過午飯，算好對門母親已午睡醒，她過去看看，幫母親穿好衣服，繫好鞋子，出去散步。黃昏時，她開車送我們出來，車子在村子口一家門前停下來，她對著裡面說道：「蔣媽媽，媽媽在外面散步，麻煩妳注意一下，芳慈有幾個同學在家裡，安凱在鄰居家玩！」蔣媽媽是她搬到石門十年來的好幫手。

然後，她關上車門，搖上窗子，按下音樂，輕踏油門就上路了。

這就是席慕蓉的一天，沒有詩情，也沒有畫意。但某一天的夜裡，在喀什米爾的達爾湖上，她望著漆黑天空中特別大特別亮的星星，忍不住叫出：「啊！這裡的星星鑲工比較好！」這樣美而令同船人難忘的句子。而另一天的晚上，在台北植物園荷花池畔，望著被一盞盞的水銀燈照得慘白的荷花，她也曾激情的喊出：「把黑夜還給我！」

而她孜孜不倦寫作的心情，正如她在一篇文章裡所寫的：「我只是一個平凡的婦人，為人女、為人妻、為人母，一直到今天，生活對於我都是一條平穩緩慢的河流，逐日逐月地流過，只是，在這條河流下面，藏著好多我不能也不願忘記的記憶，在我獨自一人的時候常來提醒我，喚起我心中某些珍貴的感情，那時候，我就很想把它們留住，記起來，畫下來。」

原載一九八四年五月《新書月刊》第八期

INK PUBLISHING
席慕蓉作品集 1

回顧所來徑

作　者	席慕蓉
內頁攝影	席慕蓉
總編輯	初安民
責任編輯	洪玉盈
美術編輯	黃昶憲
校　對	謝惠鈴　席慕蓉　洪玉盈

發行人	張書銘
出　版	INK印刻文學生活雜誌出版有限公司 新北市中和區中正路800號13樓之3 電話：02-22281626 傳眞：02-22281598 e-mail：ink.book@msa.hinet.net
網　址	舒讀網http://www.sudu.cc

法律顧問	漢廷法律事務所 劉大正律師
總經銷	成陽出版股份有限公司
電　話	03-3589000（代表號）
傳　眞	03-3556521
郵政劃撥	19000691 成陽出版股份有限公司
印　刷	海王印刷事業股份有限公司

港澳總經銷	泛華發行代理有限公司
地　址	香港筲箕灣東旺道3號星島新聞集團大廈3樓
電　話	852-27982220
傳　眞	852-27965471
網　址	www.gccd.com.hk

出版日期	2012年 12 月	初版
	2016年 1月25日	初版三刷
ISBN	978-986-5933-45-6	

定　價　280元

國家圖書館出版品預行編目資料

回顧所來徑／席慕蓉著；
－－初版，－－新北市中和區：INK印刻文學，
2012.12　面；17×23公分（席慕蓉作品集：1）
ISBN 978-986-5933-45-6　（平裝）
855　101021065